6 récits d'un château fort

LiLiAN

Castor Poche
Collection animée par
François Faucher, Hélène Wadowski,
Martine Lang, Cécile Fourquier et Céline Vial

Une production de l'Atelier du Père Castor

JACQUELINE MIRANDE

6 récits d'un château fort

Illustrations de Raïssa Lanéelle

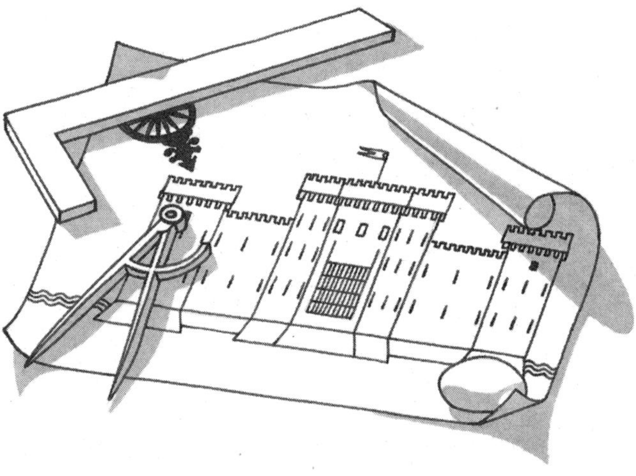

Castor Poche Flammarion

Jacqueline Mirande

L'auteur est née dans le Bordelais. Elle est historienne. Après avoir beaucoup voyagé, elle partage maintenant son temps entre Paris, Arcachon et les romans, presque tous historiques, qu'elle écrit pour les jeunes et qu'elle prend un vif plaisir à imaginer.

Du même auteur, en Castor Poche :
Libraire de nuit, n° 630;
Double meurtre à l'abbaye, n° 655.

Raïssa Lanéelle

L'illustratrice est née à Cherbourg en 1975. Elle obtient en 1997, après un bac d'Arts Appliqués, son diplôme d'illustration à l'École Supérieure Estienne à Paris. Illustratrice à plein temps, elle se consacre aussi au graphisme et à la photographie, ses passions essentielles. Et entre deux images, elle rêve de voyages, d'un bout de nature préservée dans son pays ou en Italie.

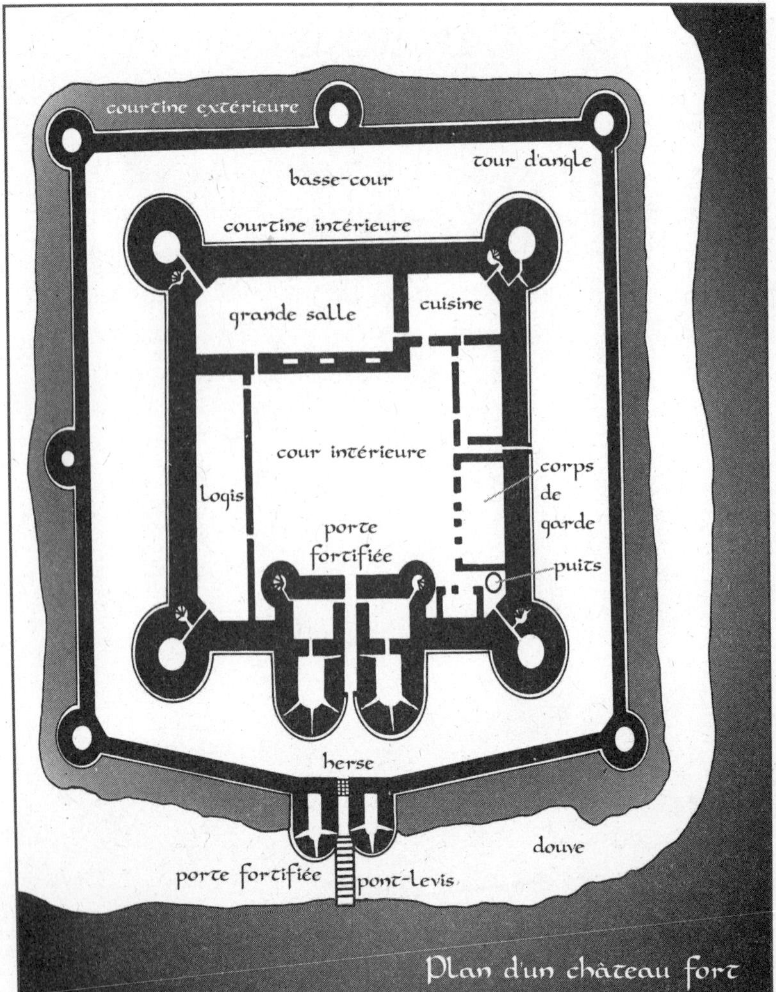

Plan d'un château fort

7

L'architecte

Il était fatigué d'avoir marché tout le jour avec, à l'épaule, ce sac si lourd et il n'était pas fâché de souffler un peu. Il s'était assis dans l'herbe. Le vert reposait les yeux, et les cieux indécis de l'heure précédant la nuit reposaient l'esprit, chassant, avec les pensées, les angoisses.

Il était là, immobile, face à un petit tertre que couronnait un bouquet d'arbres et que longeait, d'un côté, un ruisseau. Alentour le pays était plat.

Il songeait à un désert pierreux, à des collines fauves balayées de vents secs sous un soleil aveuglant, quand il entendit le trot des chevaux. Il pensa : ils sont deux et qui approchent. Mais il ne bougea pas, ne tourna même pas la tête.

Gauthier, seigneur de Puisaye, qui arrivait, escorté de son neveu Renaud, ressentit comme une insulte cette volonté d'indifférence. Grand baron, vaillant chevalier – on avait pu le voir, à la croisade, lors du siège de Saint-Jean-d'Acre où sa bravoure lui avait valu l'amitié de son suzerain, le roi de France Philippe –, il était aussi prompt à tirer l'épée qu'à céder à la colère qui lui empourprait le teint par grandes bouffées soudaines.

Voir ce vilain ne pas daigner bouger en sa présence était plus qu'il n'en pouvait supporter. Il l'interpella :

— Toi, là-bas, approche ! Que je voie ton museau !

L'homme se leva en souplesse mais sans

hâte et regarda Gauthier qui fronçait le sourcil, du haut de son cheval, détaillant la silhouette élancée, la cape grossière, les chausses de bure et, sous le chapeau usagé, ce visage tout en aigus, aux yeux clairs à la peau basanée. Ni bâton de pèlerin, ni coquille...

— Tu n'es d'aucun de mes villages, toi !

— D'aucun, vous le voyez, messire.

Et il inclina légèrement la tête dans une esquisse de salut courtois qui acheva d'irriter Gauthier.

Qui pouvait bien être cet homme ? Ni pèlerin, ni ménestrel – il n'avait pas de vielle. Voleur échappé d'une bande de ribauds ? Non. Un serf en fuite cherchant à gagner une ville nouvelle ? Un étranger en tout cas, un « aubain » et Gauthier n'aimait pas en voir traîner sur ses terres.

Comme en réponse à la question que Gauthier ne posait pas, l'homme dit :

— Je viens de loin.

Il avait l'accent légèrement chantant de ceux habitués à parler la langue d'oc. Et, malgré ses vêtements grossiers, un air de chevalier qui fit s'exclamer Renaud :

— Sans monture ?

— J'en avais une. Un assez beau cheval. Je l'ai perdu l'autre nuit. Aux dés.

Et il eut le léger sourire de qui n'éprouve nulle honte, seulement un certain regret et quelque amusement.

Le personnage était décidément étrange et Gauthier commençait à s'y intéresser.

Il désigna du menton le sac en toile grossière posé dans l'herbe :

— Que traînes-tu là-dedans ?

— Mes instruments de travail. Une équerre, un compas et de quoi dessiner des plans.

Gauthier sauta de son cheval avec plus d'aisance que ne le laissait supposer sa forte taille. Renaud avait fait de même et Gauthier lui tendit la bride de sa monture.

Ainsi, à terre, on voyait mieux que le plus jeune n'était encore qu'un adolescent, mince et plutôt petit, avec les traits gracieux de dame Sybille, l'épouse de Gauthier. Il était son neveu et plus proche d'elle par l'âge que ne l'était Gauthier dont elle était la seconde épouse. Vingt années les séparaient.

En deux enjambées, Gauthier fut auprès du sac et ordonna :

— Ouvre-le car si tu dis vrai...

— Pourquoi vous mentirais-je?

Il tira tranquillement de son sac, outre les outils annoncés, un parchemin qu'il déploya et tendit à Gauthier :

— Voici un plan que je fis, en son temps, pour un seigneur d'Auvergne, près du Puy-Notre-Dame.

Gauthier examina le parchemin :

— Tu sembles dire vrai. Mais en ce cas ta fortune devrait être faite et tu ne courrais pas les chemins, seul et portant ton sac comme un gueux? Pourquoi?

L'étranger parut hésiter et, bien qu'il fût dans la force de l'âge, son regard, soudain, le fit vieux.

— Les caprices de la fortune nous balaient parfois comme la paille par grand vent.

Gauthier se mit à rire :

— Tu parles bien, architecte... pour ne rien dire! Ne rien laisser percer de toi. As-tu seulement un nom?

— Sur le dernier chantier où j'ai travaillé, ils m'appelaient le Tolosan parce que j'avais aidé à construire un château, là-bas, pour le roi Alphonse de Castille.

Renaud, qui avait écouté jusque-là tout ébahi, se récria :

— N'as-tu pas reçu au baptême un nom chrétien ?

— Celui-là me suffit, pour l'heure.

Gauthier haussa les épaules :

— À moi aussi pour peu que ton travail me plaise. Tu vois cette butte ? Elle est seule sur au moins dix lieues. J'ai décidé d'y bâtir un château fort. En pierre, non de torchis et de bois comme celui que m'a légué mon père, sur une motte qui n'a pas cinq toises de haut, ceinturée de fossés d'à peine quatre pieds de large ! Peut-on nommer château un lieu d'aussi triste séjour et d'aussi chétive défense ?

Le mépris courbait sa bouche sensuelle.

Le Tolosan l'observait et dit simplement :

— Le monde change et les seigneurs croisés ont ramené d'Orient de nouvelles visions, d'autres idées. Les fortifications des musulmans, en Syrie devenue franque, les ont frappés. Ils les imitent et les maîtres d'ouvrage, de simples charpentiers, maçons ou plombiers qu'ils étaient, ont appris à manier le compas et l'équerre, à se faire ingénieur, architecte et à suivre les lois de la géométrie. Ainsi, la notion de flanquement régulier pour les tours d'enceinte est devenue universelle. Et tant d'autres...

Gauthier l'écoutait avec attention :

— C'est là ce que je veux. Des tours semblables à celles que le roi Philippe fait élever partout dans son royaume, des fossés qu'on ne pourra sauter d'une enjambée, des merlons, des parapets, des créneaux, des poternes, un chemin de ronde et un pont-levis ! Et que dame Sybille, mon épouse , ne vienne pas me dire que la pierre entretient le froid plus que le bois. J'y mettrai des cheminées pour qu'elle se chauffe ! Quant à frère Girard, mon chapelain que je supporte pour l'expiation de mes péchés, qu'il m'accuse de fol orgueil jusqu'à s'en enrouer la voix, il ne me détournera pas de mon projet ! Non plus que Landri, mon intendant ! Il tremble devant son ombre, pense que je cours tout droit à ma ruine et voit déjà des douzaines de prêteurs juifs assiégeant ma porte !

Il s'exaltait à mesure qu'il parlait. Les yeux de Renaud brillaient, en l'écoutant. Ce nouveau château fort enflammait son imagination et il enviait son oncle.

Le Tolosan, lui, regardait la butte et se borna à dire :

— L'emplacement est bon.

Gauthier se remit en selle, suivi de Renaud.

— Viens me rejoindre chez moi, cria-t-il en s'éloignant. Et si tes plans me plaisent, le nouveau château, c'est toi qui le construiras ! Car ceux de maître Nicolas de Meaux ne me vont pas !

Le Tolosan se rassit dans l'herbe. On était en avril et il y aurait encore une bonne heure de jour avant la tombée de la nuit. Rien ne pressait et il avait besoin de réfléchir. L'offre était tentante mais trop inattendue. Il n'y était pas préparé et il hésitait. Lui seul savait pourquoi et ce qui était en jeu.

Il finit par tirer d'une bourse de cuir qui avait été belle, trois dés qu'il fit rouler. Triple six. Un coup royal. Il resta un moment à les regarder, rêveusement. Puis il se leva, prit son sac et se dirigea vers le château de Gauthier.

Il resta longtemps éveillé, cette nuit-là, dans la chambre haute du donjon de bois où dormaient aussi, sur la paillasse du lit collectif, Renaud et plusieurs adolescents, fils de petits châtelains vassaux venus apprendre auprès de leur seigneur l'art de la chevalerie.

Le vent s'était levé et sifflait à travers l'étroite fenêtre dont on n'avait pas clos le volet de bois. Il faisait osciller, par saccades, les vêtements des garçons pendus à un crochet, le long du mur : braies, chausses, bliauds. Manquaient les chemises qu'ils avaient enlevées une fois couchés et roulé sous leur tête pour s'en revêtir au matin.

Après tant de nuits passées autrement, il avait oublié ces rites de château et de les retrouver soudain lui donnait plus d'amertume que de plaisir ; s'y ajoutait l'angoisse des jours à venir. Depuis cinq années, il n'avait rien créé, s'était borné à exécuter les plans que d'autres dressaient.

Il l'avait voulu ainsi. Pour expier. Mais, à présent, saurait-il retrouver la fièvre créatrice de ses débuts ? Il ne voulait pas décevoir Gauthier, moins encore s'exposer aux sarcasmes de ce Nicolas de Meaux qu'il venait de rencontrer : sa figure longue d'une aune et son regard fielleux disaient assez le dépit de n'être pas choisi !

Dès le lendemain il se mit à l'ouvrage. Et

d'abord, parcourut en tous sens la butte et ses alentours. Il fallait qu'il s'imprègne l'œil pour mieux imaginer en partant de réalités : là commencerait la première enceinte ; ici s'élèverait la tour maîtresse ; le ruisseau détourné emplirait de son eau les douves, et le pont-levis enjamberait ce léger vallonnement qui précédait la butte.

Vint le moment de prendre les mesures. Aidé de deux hommes que Gauthier avait mis à son service et qui portaient les perches, il nota les longueurs, les largeurs, les hauteurs.

Quand il commença à dessiner les plans, les doutes et les angoisses l'avaient abandonné. Il savait que le château qu'il allait construire serait grand et beau.

Il avait installé sa table de travail – une longue planche posée sur des tréteaux – devant la porte grande ouverte, pour mieux y voir, d'une ancienne resserre à fruits, un peu à l'écart des maisons paysannes et des dépendances tassées dans la cour basse du château. Il avait besoin de silence. Par chance pour lui, le roi Philippe avait levé l'ost de printemps, et Gauthier, suivi de ses vassaux et de ses hommes d'armes, avait rejoint son suzerain.

Le Tolosan espérait bien qu'au retour de Gauthier il pourrait lui montrer les plans achevés pour calmer son impatience. Le problème se compliquait du fait que Landri, l'intendant des domaines seigneuriaux, lui réclamait des prix ! Aux plans s'ajoutaient les devis ! Toujours persuadé que Gauthier courait à sa ruine en construisant ce château, il projetait son ombre inquiète sur le damier où le Tolosan peinait à faire ses additions en déplaçant des jetons comme au jeu d'échecs, dames et tours, cavaliers, fous et rois. Il eût préféré ce jeu-là.

Quand Gauthier revint, tout était prêt. Il jeta un regard lointain sur les devis – ce n'était pas là affaire de puissant baron mais besogne de petit ! Les plans, eux, l'enthousiasmèrent. Il voulait que l'on commence sur-le-champ les travaux. N'avait-il pas sur ses terres une carrière de belles et bonnes pierres, des serfs et des mûles pour les charrois ? Le Tolosan hochait la tête : encore fallait-il des ouvriers spécialistes pour les tailler, ces pierres ! Et des charpentiers, pour scier, débiter, équarrir les énormes troncs de chênes qui trempaient dans l'eau, depuis deux ans que

Gauthier, en prévision, avait fait abattre tout un bois !

Ces ouvriers, où les trouver ?

La chance voulut que le prieur d'une abbaye voisine soit forcé d'interrompre un chantier commencé pour bâtir une église. L'argent manquait. Le Tolosan s'y rendit et fit affaire avec le maître de l'ouvrage qui lui céda maçons, tailleurs de pierre, menuisiers, charpentiers. Les forgerons, on les avait sur place.

Les travaux commencèrent au lendemain de la fête de Pentecôte, ce qui sembla de bon augure : l'Esprit saint ne pouvant que souffler sur ces lieux !

Frère Girard, le chapelain, vint en procession, croix en tête, suivi de tous les clercs du château, employés soit à des écritures, soit à éduquer les trois fils que Gauthier avait eus de son précédent mariage. Le chapelain bénit le chantier mais ne put s'empêcher d'invoquer saint Michel par qui Satan fut terrassé après que l'orgueil l'eut perdu. Gauthier resta impassible mais dame Sibylle, qui était jeune et impressionnable, se signa vivement. Le Tolosan se retint de sourire : frère Girard voyait partout le diable, spécialement lorsqu'il le regardait !

Dans les débuts, tout alla bien. Les ouvriers étaient de bons compagnons, vifs à l'ouvrage et durs à la peine. Le vin était bon, pas trop chichement mesuré, et les ragoûts de porc, les bouillies de châtaignes ou de lentilles, les soupes épaissies de pain tenaient au corps. Et si le travail était rude malgré les poulies et les treuils, la fièvre des débuts les exaltait. Il y eut bien, ici et là, des plaintes de la part des paysans pour qui les journées de corvée se multipliaient alors que les foins à couper et les blés bons à moissonner pâtissaient de leur absence.

Gauthier les apaisa en leur représentant le bénéfice que, tous, ils tireraient du nouveau château où ils pourraient se réfugier si les temps redevenaient incertains et que des bandes armées resurgissent pour tout ravager.

Les premiers ennuis vinrent avec les pluies d'automne qui transformèrent les chemins en fondrières où s'enlisaient les charrois de pierres. On perdait beaucoup de temps et Gauthier s'impatientait. Il aurait voulu que son château surgisse de terre en une nuit comme dans les légendes arthuriennes qu'il se faisait raconter le soir par des ménestrels.

Il s'emportait et, un jour qu'en rentrant de la chasse il était venu sur le chantier, il cingla de son fouet le visage d'un tailleur de pierre dont il jugeait le travail trop lent. L'homme s'enfuit la nuit venue, et on ne le revit pas. C'était un des meilleurs ouvriers. Le Tolosan le regretta.

L'hiver fut là d'un coup, plus tôt que de coutume. Juste après les fêtes de Toussaint, la première neige tomba, puis ce fut le verglas qui rendit tout glissant. Les tours commençaient à s'élever et les échafaudages devenaient dangereux. Le Tolosan s'assombrissait et, quand il rentrait le soir au château, à peine restait-il à se chauffer avec les autres dans la grande salle, à boire ou à jouer aux dés – lui qui, au début, semblait tant aimer ce jeu. Très vite il montait dans le coin de grenier où il avait fait porter sa paillasse pour dormir seul.

Dame Sibylle le remarquait, car, sous des airs de grande timidité, elle était attentive aux autres, et elle s'en entretenait, parfois, avec Guillaumette, celle de ses fileuses qu'elle préférait car elle était douce et tranquille et chantait joliment des chansons de toile. Elle avait un petit visage rond et frais sous sa coiffe de lin et des doigts menus comme les pattes d'un oiseau.

Dame Sibylle disait :

— Ce Tolosan cache une peine très lourde ou très cruelle, je ne sais mais j'en suis certaine.

Guillaumette demandait :

— Frère Girard l'accuse d'être mauvais chrétien. Vous le pensez aussi, dame?

Dame Sibylle réfléchissait un petit temps, interrompant sa broderie :

— Il se peut mais je ne puis m'empêcher d'avoir pour lui grande pitié.

— Sans savoir pourquoi, dame?

— Sans savoir.

Et Guillaumette hochait la tête. Elle aimait bien le Tolosan. Il souriait si rarement, mais toujours en la voyant.

Le jour de Noël, il assista à l'office. Dans son bliaud neuf dont le vert lui fonçait encore le teint, il avait plus que jamais cet air de chevalier qui avait frappé Gauthier à leur première rencontre. À nouveau, il se demanda qui était cet homme. Un bref instant. Qu'il lui construise un beau château lui suffisait. Le reste n'était bon qu'à alimenter de sottes rêveries de femmes !

L'office terminé, le Tolosan disparut. Il ne revint que le lendemain matin. Les palefreniers dirent que son cheval était aussi frais à son retour qu'au sortir de l'écurie. Où avait-il pu aller par ce temps de froid et de longue nuit ?

Seul, le prieur de l'abbaye voisine aurait pu le dire, lui qui l'avait vu à genoux sur la pierre, au fond de la chapelle, tout le temps que les moines avaient chanté l'office de nuit. Et le souvenir de son visage tourmenté l'avait poursuivi une partie du jour.

***

La construction du château avança si lentement au cours de ce premier hiver que, dès le retour du printemps, Gauthier ordonna au Tolosan de doubler le nombre d'ouvriers travaillant au chantier. Il dut se rendre jusqu'à Provins pour en trouver, et augmenter leurs gages à tous. La dépense devint considérable. Landri en perdait le sommeil et les deux baillis chargés de faire rentrer taxes et péages faisaient la grimace. Ils voyaient trop bien qu'on ne pouvait pressurer davantage les gens des villages, ni ceux des trois bourgs dépendant de Gauthier. Quant aux marchands, ils menaçaient de déserter les deux grandes foires de la Saint-Jean et de la Saint-Michel pour ne plus aller qu'en Champagne où le jeune comte Thibaud prélevait moins, pour plus de ventes.

Il y eut même, aux alentours de mai, plusieurs assemblées paysannes et Jean le Fabre, le maître forgeron, fut chargé de porter au château les doléances. On le savait écouté du seigneur dont il forgeait toutes les armes. Mais Gauthier refusa de le recevoir et, comme il insistait, fit lâcher sur lui les chiens de la meute.

À frère Girard qui le lui reprochait, il hurla :

— Garde ton prêche, moine ! Je finirai de bâtir ce château quand le diable y serait !

— Il y est déjà ! répliqua frère Girard en fixant le Tolosan qui ne sourit ni ne haussa les épaules, mais ne baissa pas non plus les yeux.

Il était à présent aussi impatient que Gauthier de voir surgir de terre «son» château.

Les murs de la première enceinte étaient achevés, la seconde bien avancée ainsi que les quatre tours de flanquement. Entre les deux, la cour basse s'étendait, spacieuse, capable d'abriter de gros renforts d'hommes d'armes ainsi que les gens et les bêtes de plusieurs villages, en cas d'attaque.

Mais ce qui lui tenait le plus à cœur, c'était la tour maîtresse. Il avait porté tous ses soins à l'élaboration du plan. Il y avait appliqué tout ce qu'il savait de géométrie. La conception en était hardie, nouvelle, et elle lui était propre. Formée de quatre demi-cylindres assemblés en quatre feuilles, supprimant ainsi les angles morts qui résultaient d'ordinaire des plans rectangulaires, la tour permettait, outre une défense meilleure, un espace intérieur plus grand. Gauthier aurait là, au premier étage, une salle d'apparat digne de sa puissance, 48 pieds de long, 34 de large et 90 de haut depuis le bas de la tour, au ras de fossé.

Il avait réservé pour la charpente les

meilleurs fûts de chêne; pris, pour les travailler, les meilleurs charpentiers et pour les assembler les meilleurs menuisiers. À mesure qu'elle s'élevait, il ne quittait plus le chantier.

Le drame éclata un jour d'août, en fin d'après-midi, vers l'heure de Vêpres. Il faisait, depuis le matin, une chaleur lourde. Des orages tournaient sans éclater et la fatigue courbait les dos. Quel maître avait envoyé ce tout jeune apprenti au sommet de la charpente de la grande salle? Mince et agile comme un écureuil certes, mais encore mal aguerri. En le voyant s'avancer sur la poutre maîtresse, le Tolosan fronça le sourcil. L'adolescent semblait inconscient du danger. Il se pencha pour rattraper un outil qui glissait de sa ceinture et, en une fraction de seconde, bascula. Il réussit à se raccrocher à une traverse et resta pendu par les mains au-dessus d'un vide de trente pieds.

Le Tolosan s'élança vers l'échafaudage en criant au garçon :

— Ne lâche pas! Je viens!

Et comme le maître charpentier, accouru aux cris des ouvriers, tentait de le retenir :

— N'y allez pas ! C'est folie !

D'une bourrade, il se dégagea et, escaladant l'échafaudage, atteignit à son tour la poutre maîtresse. Lorsqu'il parvint au-dessus de la traverse, le jeune garçon ne se tenait plus qu'à grand-peine et il jeta au Tolosan un regard désespéré. Ce dernier se mit à plat ventre sur la poutre, calant ses pieds contre le mur et, se penchant, saisit l'une des mains de l'apprenti, puis l'autre. Tous les assistants retenaient leur souffle et chacun pensait : ils vont tomber tous deux et se tuer. Et un bref instant, on put le croire. Le corps du Tolosan sembla basculer, entraîné par le poids qu'il soutenait mais, dans un ultime effort, il parvint à s'arc-bouter et à hisser le garçon.

Quand ils redescendirent, le visage du Tolosan les frappa. Si tiré, si creusé, que mort il n'aurait pas pire figure. Et comme il avait sauvé l'apprenti, cela étonna. Puis on n'y songea plus.

Ce fut à nouveau l'automne. Un autre hiver passa. Il y avait, à présent, plus de trois cents hommes à travailler sur le chantier et des rixes éclataient souvent, la nuit, dans le campement. Gauthier avait pris l'habitude d'envoyer travailler là désormais, en place de pilori ou de cachot, les mauvais sujets que ses sergents d'armes amenaient à son tribunal.

Le Tolosan n'était pas enchanté de pareilles recrues mais il se taisait. Depuis l'accident évité, il avait changé. Une sorte d'indifférence, ou de paix, l'avait gagné.

Dans la monotonie un peu triste de sa vie – car elle n'avait pas d'enfants et Gauthier la délaissait –, Dame Sibylle le remarquait :

— Son corps seul est ici mais son âme, point.

Des cinq fileuses assises à ses côtés, seule Guillaumette osait interroger :

— Où est-elle, son âme ? Dame, vous le savez ?

— Où, je ne sais. Mais elle est libérée.

Et elle se remettait à broder.

Pour achever la chapelle et le grand degré menant à la salle d'apparat, Gauthier dut aliéner un des trois fiefs qu'il tenait en main propre et, pour terminer les toitures, recourir aux prêteurs juifs redoutés de Landri. Mais le nouveau château avait si fière allure que même l'intendant ne songeait plus à se lamenter.

Il se dégageait de l'ensemble des enceintes,

des tours, de la cour basse et haute et jusque du verger – que l'on commençait à planter d'herbes aromatiques et de fleurs –, un sentiment de puissance et de beauté qui frappait.

Le jour vint enfin, tant attendu, où la bannière à trois bandes d'argent sur fond vert des seigneurs de Puisaye flotta au sommet de la tour maîtresse et où le pont-levis s'abaissa pour l'entrée du roi Philippe, curieux de connaître le nouveau château fort d'un de ses vassaux préférés.

En escortant le roi de France, Gauthier eut une bouffée d'orgueil qui lui fit le visage aussi rouge que la soie de son bliaud de cérémonie.

Le roi voulut tout voir, parcourut le chemin de ronde, se pencha au créneau, mesura de l'œil l'étroitesse des meurtrières et il fit de grands compliments.

Parmi les gens de sa suite, un de ses conseillers, frère Guérin, moine hospitalier très au fait des techniques de construction militaire, examinait l'ensemble d'un air songeur. Cette conception à la fois hardie et puissante, cet art d'utiliser la géométrie le ramenait, des années en arrière, bien loin d'ici, en Syrie franque. Il revoyait la forteresse bâtie dans le désert pierreux au bord de collines fauves pour l'ordre du Temple de Jérusalem par un de ses chevaliers.

Se pouvait-il qu'Enguerrand de Coucy qu'on disait mort... Frère Guérin essayait de se souvenir... Une étrange affaire jamais éclaircie, cet accident mortel survenu la nuit de Noël dans le chantier vide. Un des maîtres d'œuvre... Que faisait-il là ? Des bruits avaient couru... Rivalité... Jalousie de métier. Il avait une femme très belle, une Arménienne... De cela aussi on avait parlé...

À mesure qu'il suivait le roi Philippe dans la visite du château, frère Guérin était de plus en plus songeur et très curieux à présent de rencontrer cet architecte qui avait si bien servi Gauthier de Puisaye.

Pourtant quand il le vit et que leurs regards se croisèrent, frère Guérin se tut. C'était une affaire entre cet homme et Dieu.

Le Tolosan quitta le château le lendemain. À cheval cette fois. Emportant son sac et ses dés, bien que depuis des mois il n'y eût plus touché. Il s'en allait ailleurs construire d'autres châteaux. Maintenant il le pouvait.

31

La reine d'un jour d'avril

Jean Chand'avoine était un grand et gros homme, le poil roux, la peau blanche – quand elle n'était pas rougie par la proximité des braises sur lesquelles il se penchait plus souvent qu'un autre, car il était chef cuisinier du château ducal de Poitiers. Sa voix forte, répercutée par les voûtes de pierre de l'énorme cuisine, y prenait des résonances de tonnerre et concourait à lui donner des airs de tout avaler qui terrorisaient les jeunes aides de cuisine.

Aigret avait été du nombre au début de son apprentissage lorsque, penché tout le jour sur les baquets en bois, il triait le fenouil et l'oseille, épluchait les choux, écossait les fèves, plumait le gibier et pleurait tout son soûl en tranchant les oignons. Mais il avait de la finesse, savait observer et avait vite perçu ce que l'extérieur bourru, voire les colères de Jean Chand'avoine cachaient de réelle bonté.

Un jour que le chef pâtissier avait surpris Aigret dessinant en cachette, sur un plat, des guirlandes de piments rouges et de safran, il l'avait traîné par les oreilles devant le maître cuisinier. Ce dernier avait regardé sans rien dire les décorations incriminées, hoché la tête et ordonné au premier pâtissier de prendre avec lui ce garçon et de le faire travailler.

Cinq ans avaient passé. Le premier pâtissier, à présent, c'était Aigret. Il n'avait pas déçu les espoirs que Jean Chand'avoine avait mis en lui, spécialement en ce qui concernait la présentation et la décoration des plats.

Il n'avait pas son pareil pour orner fouaces et tartes de pommes ou poires découpées en rosaces avec, en leur centre, un cœur de cerise confite ou parsemer de dessins géométriques faits de girofle et de cannelle le dessus des pains d'épice. Et c'était toujours lui qui, les jours de fête, décorait de leurs plumes les paons rôtis et les cygnes enduits de miel.

Il aimait combiner les couleurs et les formes, mêlant le jaune du safran au rouge du cumin, le vert de la feuille de menthe au bleu léger des fleurs de marjolaine, le roux de la cannelle et le brun du girofle. Il composait ainsi des sortes de tableaux variés et éphémères d'une grande beauté. C'étaient ses poèmes à lui et il en tirait autant de satisfactions que d'applaudissements dont les convives, dans la grande salle, saluaient l'arrivée de chacun de ses plats, portés à l'épaule par deux écuyers.

C'était aussi, pour lui, une façon de faire sa cour à Idelette. Chevalier, il serait allé de tournoi en tournoi, portant au bout de sa lance les couleurs de sa dame. Troubadour, il aurait chanté ses joues rondes creusées de fossettes, ses yeux pleins de malice, les petites mèches folles sans cesse échappées du bandeau de lin bleu qui encadrait son visage et son rire frais qui rendait heureux. Il était pâtissier et il lui offrait son art.

Cette Idelette était l'unique enfant de Jean Chand'avoine. Sa mère morte en couches à sa naissance, elle avait été élevée par sa marraine, Dame Bertrade, intendante des coffres à linge du château.

Idelette était trop fine mouche pour n'avoir pas perçu l'amour qu'elle inspirait à Aigret, mais elle n'aurait pas été fille si elle n'avait pas joué un peu à l'embrouiller, comme un chaton se fait les griffes sur une pelote de fil.

Son manège n'était pas du goût de Dame Bertrade qui trouvait – tout comme Jean Chand'avoine – qu'Aigret ferait pour Idelette un mari parfait. Elle lui répétait :

— Prends garde ! Il n'est corde si solide qui ne se rompe d'être trop balancée. Il finira par se lasser et tu resteras fille pour avoir trop écouté tous ces gratteurs de vielle, beaux oiseleurs, trompeurs de dames, pipant leurs dés avec des mots. Nul ne t'aimera davantage qu'Aigret.

Idelette répliquait :

— Je l'aime aussi, mais est-ce pécher si me plaisent les récits des jongleurs, les chants d'amour des troubadours ? L'un ne peut-il se joindre à l'autre ?

Et elle pensait : la vie est si monotone au château.

Soudain, tout changea avec l'arrivée précipitée d'Aliénor, duchesse d'Aquitaine, comtesse de Poitou, dont le mariage avec le roi de France venait juste d'être annulé. Elle avait, en chemin, échappé à deux guets-apens tendus par des seigneurs pressés de l'épouser pour mettre la main sur ses terres, et fut bien aise de se retrouver en sécurité dans sa bonne ville de Poitiers, à l'abri des murailles et de la tour maubergeonne du château ducal.

Tout fut en quelques jours, sens dessus dessous.

Le carême avait pris fin, avec ses jeûnes, ses interdits, ses pénitences. Avril commençait dans des bleus et des verts tendres, des odeurs de buis et de feuilles fraîches, un air de renouveau qui incitait aux fêtes. Aliénor les aimait. Elle en ordonna.

Ce fut alors le branle-bas, des écuries aux

cuisines, pour loger et nourrir, en plus des invités, tous seigneurs de renom, leurs écuyers, leurs chapelains, leurs valets, leurs montures, les litières de leurs épouses. Sans compter les jongleurs, les acrobates, les joueurs de vielle et de flûte qui tournoyaient autour comme une volée d'étourneaux.

Dans la cuisine, les feux ronflaient dès le matin, à demi-cheminées, sous d'énormes marmites où cuisaient les viandes en ragoût, les venaisons marinées et la chair des poissons dont on garnirait les tourtes. On saignait, on vidait, on plumait, on tranchait. Dans de grandes terrines, on malaxait par douzaines les œufs, le miel et la farine ; et il avait fallu engager de petits garçons pour apporter les fagots, vider les baquets de plumes et nettoyer le sol. Jean Chand'avoine tonnait tout le jour et dormait dans une resserre à côté des cuisines. Pour le voir, Idelette se glissait dans son domaine, se faisait houspiller et allait faire virevolter ses cottes du côté d'Aigret auquel elle donnait parfois un petit baiser qui avait le goût de cannelle des bouts de gâteaux qu'elle lui chipait.

Et elle quittait la cuisine réconfortée,

sans vouloir trop l'admettre, par ses regards d'adoration.

Quant à Dame Bertrade, le soir venu, elle avait les reins cassés à force de monter et descendre les degrés de pierre derrière des servantes aux bras chargés d'oreillers, de courtepointes, de couettes et de draps de lin ou de chanvre – selon la qualité de qui occuperait les lits.

Parmi les hôtes attendus, il en était un dont le nom revenait de plus en plus souvent – peut-être parce qu'on entretenait à son sujet mille mystères, ce qui accroissait la curiosité ! Henri Plantagenêt, duc de Normandie et comte d'Anjou. Les bruits qui commençaient à courir faisaient pincer la bouche à dame Bertrade et rêver Idelette.

Un soir qu'elle était, comme d'ordinaire, couchée auprès de sa marraine, et le rideau tiré qui séparait leur lit de ceux où les servantes dormaient à cinq ou six, elle se risqua à demander :

— Croyez-vous qu'il soit aussi beau que son père, le comte Geoffroi ?

— Il se peut, fit sèchement Dame Bertrade. Tous ces Angevins le sont. C'est l'héritage du vieux Foulque, les cheveux roux et les yeux gris. Mais les accès de bile noire avec ses colères folles où semble sombrer la raison, ils en ont hérité aussi ! Là, ils sont moins beaux à voir ! Allez, dors !

Mais Idelette voulait en savoir plus :

— Ces allées et venues mystérieuses, à votre sens, que cachent-elles ?

— Rien de bon. Dors !

Idelette fit une dernière tentative :

— S'il est bientôt roi d'Angleterre...

— Grand bien lui fasse ! Un pays qui demande pour s'y rendre de traverser toute une mer pleine de tempêtes et de naufrages ! Beau royaume, en vérité ! À présent, suffit ! Sinon, demain, c'est sur ta quenouille que tu dormiras et ton fil sera plein de nœuds !

Il fallut bien lui obéir mais les renseignements qu'elle n'avait pu tirer de Dame Bertrade, Idelette décida de les demander à Constance. Elle avait dû entendre quelques propos intéressants dans la boutique de son père, le plus gros marchand drapier de la ville. Et c'était sa meilleure amie. Depuis le temps où, marmousettes, elles jouaient ensemble à vêtir leurs poupées de chutes de droguet ou de futaine tombées, en bout de coupe, du comptoir. Dame Bertrade étant sœur du marchand drapier, Idelette et Constance s'étaient élevées presque ensemble. Maintenant qu'elles avaient quinze ans, c'était, à chacune de leurs rencontres, des confidences sans fin sur leurs amours, leurs espoirs, leurs rêves...

Constance, moins vive et impertinente qu'Idelette, était très têtue sous des airs dociles et elle n'entendait pas se laisser marier à un autre qu'Aubri, le plus jeune fauconnier du château.

Idelette se rendit donc, sous un prétexte de broderie à expliquer à Constance, rue Longue, chez le drapier.

La ville de Poitiers était aussi en branle-bas que le château ducal. Les châtelains des environs qui y possédaient un logis s'y installaient pour mieux profiter des fêtes. Les hérauts d'armes avaient annoncé par tout le pays qu'un grand tournoi aurait lieu et on avait déjà monté des tentes pour les chevaliers et leurs servants dans un grand champ au bord du Clain. Aussi les auberges étaient-elles pleines de la foule habituelle et bariolée de maquignons, de changeurs, de revendeurs de cottes d'armes et de harnachements, de filles de joie, attirés par l'espoir qu'un peu de l'argent brassé au soir du tournoi tomberait dans leurs mains.

S'y ajoutait la malfaisante confrérie des voleurs et détrousseurs, joueurs de dés pipés, mendiants vrais ou faux venus aussi nombreux que pour une grande foire ou un jour de pèlerinage.

Les sergents d'armes avaient beau multiplier leurs rondes à travers les rues de la ville, ils étaient débordés.

En arrivant chez le drapier, Idelette fut vertement interpellée par Dame Guiraude, son épouse, qui avait bon bec et franc-parler.

— Il faut que Bertrade ait perdu le sens pour t'envoyer seule avec le tumulte qui règne ! Je ne laisserai pas sortir Constance pour tout l'or païen d'Espagne ! Monte la voir puisque tu es venue mais ne t'attarde pas. Le jour tombe vite en avril.

Idelette monta en courant le degré de bois, trouva Constance recluse dans la salle sur ordre de dame Guiraude qui ne voulait même pas qu'elle paraisse dans la boutique.

L'explication de broderie fut rondement menée et les jacasseries commencèrent. De la duchesse et du Plantagenêt, mariage supposé ou non, on passa à Aubri, à Aigret, des faucons aux pâtisseries. Tant et si bien que Dame Guiraude dut monter à son tour, menacer pour arrêter le bavardage et faire partir Idelette.

Il n'y avait pas loin de la rue Longue au château ducal et il faisait encore jour. En passant devant la taverne du Coq-Héron, assez bien fréquentée d'ordinaire, mais pleine de tapage en cette fin d'après-midi-là, Idelette pressa le pas.

Occupée à tenir les yeux baissés pour ne pas glisser sur le sol à cet endroit fort gras, elle ne vit pas un jeune homme qui, tournant le coin de la rue et marchant vivement lui aussi, la heurta de front. Il dut, pour l'empêcher de tomber, la retenir par l'épaule. Du coup, elle leva le nez, vit un visage brun, une bouche qui souriait et elle sourit en retour. Puis, comme il la tenait toujours, elle fronça le sourcil et, prenant un air digne, se dégagea.

Le sourire du garçon s'accentua et sa voix se fit enjôleuse pour dire en chantonnant :

— *Quand je la vois, tout mon semblant,*
Mes yeux, mon visage et mon teint,
Trahit le trouble qui m'étreint
Et tremble comme feuille au vent
Tant suis-je d'amour entrepris...

Idelette en resta bouche bée. Un troubadour !

L'exclamation lui avait échappé. Le garçon s'inclina, un soupçon de moquerie aux yeux :

— Dire oui serait vous mentir, belle fillette, et je ne le veux point. Ce serait commettre vilenie pour bien mince motif.

Cette fois Idelette rougit de colère :

— Qu'êtes-vous donc, alors, si ce n'est trop cher demander ?

— Simple jongleur de mon état, fit-il avec un léger rire. Encore que formé à l'école de messire Bertrand de Born auquel je dois d'être dans cette ville. La réponse vous plaît-elle, cette fois ?

Toujours cet air de moquerie. C'en était trop.

— Plaisir ou déplaisir seraient de trop grands mots pour si mince motif.

Elle le toisait d'un air impertinent. Il se piqua au jeu. Tout amusement disparut de son visage et il se mit à dire, d'une voix lente, chantante, un peu basse dont il connaissait le pouvoir :

— Voyez comme je suis. J'ai envie de vous plaire. J'ai pourtant fait trois fois le chemin de Saint-Jacques et parcouru bien des pays, connu les gouffres de la mer, les nefs aventureuses, les dangers des pirates et les soucis des ports. J'ai vu d'étranges terres peuplées d'étranges animaux et des fleuves dont les eaux trop salées donnent la mort à qui les boit. Je sais par cœur des centaines de vers et de belles esclaves sarrasines m'ont appris à jouer de la cithare et de la mandorle.

Aussi habile à jongler avec les mots qu'avec des couteaux ou des pommes, il avançait dans la rue Longue. Il avait repris le bras d'Idelette. Elle le suivait, fascinée.

Il parla encore un moment. Parvenu au carrefour de la Croix-de-Pierre d'où partait le chemin qui montait au château, il ôta son bonnet en drap écarlate bordé d'orfroi.

— *Vous êtes ma joie première*
Et vous serez ma joie dernière
Tant que sera ma vie durant.

Il s'inclina et s'en alla d'un pas dansant, ses cheveux bruns flottant sur ses épaules.

Idelette resta d'abord aussi immobile que la croix de pierre du carrefour puis elle secoua la tête comme pour se défaire de liens imaginaires et périlleux et elle regagna en courant le château.

Elle arriva dans la cour basse, rouge et hors d'haleine pour se heurter bien mal à propos à Aigret qui prenait le frais du soir sur le pas de la porte de la cuisine.

Aussitôt il s'inquiéta :

— Que t'arrive-t-il ? D'où viens-tu ?

— De voir Constance et j'ai chaud parce que j'ai couru.

— Couru ! Toute seule ? Par jeu ?

— Mais oui, par jeu, fit-elle en haussant les épaules pour bien montrer son agacement.

Sous le regard soudain songeur d'Aigret, elle baissa les yeux, faillit lui dire : j'ai rencontré un jongleur qui m'a récité des vers. Où était le mal ? Pourquoi ne pouvait-elle se résoudre à en parler à Aigret ?

Elle eut un petit geste impatient et dit :

— Tu sais que Dame Bertrade m'a obtenu la permission de me glisser demain dans la grande salle, derrière la tribune des musiciens? Je verrai toute la fête et personne ne me verra.

Aigret lui sourit avec tendresse et un peu d'indulgence. À vingt ans, il se sentait tellement plus adulte qu'elle et il l'aimait aussi pour ce reste d'enfance qui la faisait s'émerveiller de riens.

— Dame Bertrade me l'a dit. C'est pourquoi, j'ai décoré spécialement pour toi le grand gâteau qui sera servi à dame Aliénor, demain. Les mots qui seront dessus te sont destinés. À toi seule. Nul ne le saura que nous deux.

Comme elle se taisait partagée entre l'émotion et un certain embarras, il la prit dans ses bras et, la tenant face à lui :

— Promets que tu regarderas avec ton cœur. Promets-moi !

Elle promit et, se dégageant brusquement, pour la seconde fois de la soirée, partit en courant.

***

Dans la grande salle du château ducal, plats et intermèdes se succédaient depuis deux grandes heures. Après les salades dont la fraîcheur aidait à la mise en bouche, il y avait eu les potages servis dans les écuelles d'argent puis les pièces de venaison avec leurs sauces aigres-douces, suivies des volailles, outardes encadrées de perdrix et de gelinottes, cygnes rôtis brillants de miel sur des lits de petits oiseaux farcis au gingembre.

Les écuyers tranchaient les viandes, disposant les morceaux sur de larges tranches de pain blanc. Ils portaient les plus savoureux à l'un ou l'autre des convives qu'Aliénor voulait honorer et qu'elle désignait d'un geste gracieux.

Le ton montait à mesure que le sénéchal faisait emplir coupes et hanaps du «claret» aquitain. La chaleur devenait forte et faisait faner les rameaux nouveaux tressés de fleurs qui ornaient les murs entre les tapisseries de Flandre et les damas venus d'Orient. L'air s'épaississait du parfum des épices brûlées par poignées dans des cassolettes arabes. Plus d'un seigneur aquitain fronçait le sourcil et jugeait un peu voyant ce rappel du temps d'Antioche, quand le beau Raymond de

Poitiers accueillait dans sa ville sa nièce Aliénor, alors reine de France et croisée.

On la trouvait songeuse tandis qu'elle écoutait Bertrand de Born chanter le « désireux amour lointain », le « fin amor » de courtoisie. Et on scrutait le visage du duc de Normandie comte d'Anjou, enfin arrivé et placé à sa droite. Mais Henri Plantagenêt, avec le solide appétit de ses dix-neuf ans, mangeait.

Cachée dans le renfoncement, derrière la tribune des musiciens, Idelette s'impatientait. Celui dont le souvenir l'avait empêchée de dormir une partie de la nuit et qui lui avait fait échafauder de jolis rêves malgré les ronflements bien prosaïques de dame Bertrade, celui qu'elle nommait dans son cœur « son » jongleur, ne viendrait donc pas ?

Il vint, après un dernier service de tourtes et pâtés. Il s'avança seul, sa cithare à la main, mit un genou en terre devant Aliénor et commença à chanter :

— *Hautes ondes qui venez de la mer,*
De mon ami, nouvelles me contez
Qui vous passa et n'en voit retourner,
Joie me donnez et douleur, tour à tour...

Ses cheveux tressés de fils d'or et de perles

de corail, à la mode barbaresque, lui conféraient une étrange beauté et les accords de la cithare soulignaient le côté sensuel de sa voix.

Autour d'Aliénor, les gens s'étaient tus pour mieux écouter et, lorsqu'il s'arrêta, les applaudissements crépitèrent.

Il fit un signe et surgit, comme de nulle part, une fille mince et brune. De lourds anneaux d'or encadraient son visage et des bracelets de pierres bleues encerclaient ses bras nus. Quand elle commença à danser en agitant son tambourin haut sur sa tête, chaque pan de sa jupe rouge sembla une longue flamme voletante.

Tous les hommes étaient fascinés. Idelette, elle, regardait le visage du jongleur. Et ce qu'il exprimait de passion pour la fille était si violent, si visible, que son rêve lui parut soudain du sable coulant aux doigts. Elle avait envie de s'enfuir et ne bougeait pas, les yeux toujours fixés sur le visage du jongleur.

Sa danse achevée, la fille aux anneaux d'or s'en alla. Le jongleur la suivit. Ils passèrent tout près du renfoncement où se tenait Idelette. Les musiciens, dans la tribune, les applaudirent. Le jongleur posa ses lèvres sur le cou de la fille, au ras de l'anneau d'or qui ornait son oreille. Elle se mit à rire et ils disparurent.

Idelette ferma les yeux, s'efforçant de ne plus penser à rien, surtout pas à eux. Un bruit d'applaudissements la fit sursauter. Est-ce que, par hasard, ils seraient revenus ?

Elle vit alors, posé sur un grand plat en vermeil porté triomphalement par deux écuyers, le gâteau d'Aigret qu'elle avait oublié.

Il était surmonté d'un cerisier miniature aux fleurs en pâte au lait d'amandes si bien enrobées de sucre filé qu'elles semblaient de cristal. Autour courait une guirlande verte, faite en angélique qui dessinait les mots : « À la reine d'un jour d'avril. »

C'était le refrain d'un rondeau que partout on chantait en dansant ce printemps-là.

... « Tu es ma reine d'un jour d'avril », Aigret le lui avait dit tout bas, l'autre soir, dans le coin du verger où souvent ils se retrouvaient, sous le gros cerisier en fleur en ce moment. Des mots simples qu'elle avait écoutés un peu distraitement et qui lui donnaient soudain l'envie de pleurer et de sourire en même temps, comme à un bonheur retrouvé.

Les écuyers avaient déposé le gâteau devant Aliénor qui le regarda, amusée. Reine de France, elle ne l'était plus, reine d'Angleterre pas encore mais reine d'un rondeau, reine d'un jour d'avril, cela ne pouvait que plaire à la petite-fille de Guilhem IX, le duc troubadour.

Elle voulut connaître le pâtissier qui avait eu une si charmante idée. Jean Chand'avoine, rouge de fierté, lui présenta Aigret. Ce dernier, en quittant la salle, après avoir entendu les compliments de sa suzeraine, jeta un coup d'œil vers un certain renfoncement. Idelette lui souriait. Alors, il sourit aussi. Rassuré.

51

Le faucon blanc

Gaucher de Chatillon regardait avec amusement le jeune garçon qui se tenait devant lui, droit, presque raide dans son surcot de voyage en laine brune. Il avait ployé le genou, comme il se devait, débité son compliment d'une voix nette, tendu le parchemin que sa mère avait rédigé et, à présent, il attendait, regardant Gaucher sans insolence mais sans baisser les yeux non plus.

Et Gaucher cherchait inconsciemment, sur ce visage aux rondeurs encore enfantines, les traits de celle qui avait été sa sœur préférée, Jeanne. Mariée depuis quinze ans à un châtelain du Valois, de bon renom mais de mince tenure, il ne l'avait jamais revue.

Il déplia la lettre qu'elle lui envoyait, la parcourut avec un peu de peine – il n'avait jamais été grand amateur de beau savoir, laissant cela aux clercs de sa maison. Puis il resta songeur un moment.

Ce garçon de douze ans qui était là devant lui n'aurait d'autre avenir que celui qu'il lui ferait, lui, en le prenant dans sa mesnie et que lui-même, plus tard, se ferait. C'était là le sort réservé aux cadets. Le fief en son entier passait à l'aîné. Gaucher le savait bien, lui qui était, depuis la mort de son père, comte de Saint-Pol à son tour, seul héritier de trois forts châteaux et de riches terres picardes, neveu du comte de Dreux, cousin du roi de France. L'enfant eût pu tomber plus mal ! Jeanne avait toujours eu du jugement.

Gaucher de Chatillon sourit.

Le jeune garçon ne semblait ni étonné ni intimidé par le bruit qui régnait dans la salle, les allées et venues des chevaliers et des hommes d'armes qui s'interpellaient, se bousculaient, riaient. Certains, assis dans le renfoncement des fenêtres, jouaient aux échecs, aux osselets ou aux dés. D'autres fourbissaient des heaumes ou des cottes de maille. Des chiens allaient et venaient, grattant de leurs pattes les joncs tressés posés sur le sol.

Ce n'était pas la salle d'apparat du château. Il n'y avait ni tapisseries aux murs, ni dressoirs exposant vaisselle précieuse et orfèvreries. Seule la haute chaise au dossier sculpté aux armes des Chatillon sur laquelle Gaucher était assis témoignait de la magnificence du maître des lieux. Et dans la cheminée énorme brûlaient, bien qu'on fût aux premiers jours d'avril, de grosses souches qui mettaient un peu de clarté car la salle était assez sombre.

Gaucher continuait d'observer le jeune garçon et la curiosité qu'exprimait, à présent, le regard de ses yeux très noirs lui plaisait. L'enfant avait l'air vif et en bonne santé, peut-être un peu petit pour son âge mais la taille bien prise et ses cheveux blonds, plantés drus, quoique dans tous les sens, lui donnaient un air de malice.

— Beau neveu Aubri, vous voilà aussi mal peigné que notre roi Philippe !

— C'est grand honneur pour moi, messire.

Gaucher éclata de rire. Le garçon ne se laissait pas aisément démonter.

— Il y a loin, du Valois jusqu'ici. Qui vous a conduit ?

— Gassion, le plus ancien écuyer de mon père. Il n'osait pas se présenter à vous avant que je ne l'ai fait moi-même et il garde nos chevaux à l'entrée de la première enceinte.

— Je le verrai tout à l'heure. Mais, dites-moi, vous avez fait tout ce long trajet à cheval ? Sans prendre de repos ?

— Ni les chevaux ni moi n'aurions tenu, messire ; Gassion peut-être. Il est très endurant. Ma mère lui avait enjoint de faire halte dans deux moustiers dont elle connaissait les abbesses. Ce que nous fîmes.

— Votre mère, je vois, est toujours aussi avisée. J'espère que vous tenez d'elle.

Aubri s'inclina sans répondre mais il avait rougi de fierté car il admirait beaucoup sa mère et la quitter, une semaine auparavant, avait été pour lui un déchirement. Il refoula un début de larmes. Il n'allait pas pleurer comme un marmouset devant ce grand beau seigneur aussi blond de cheveux que lui mais mieux plantés ! Et dont tout le monde vantait les prouesses. Apprendre, à ses côtés, l'art de devenir un parfait chevalier était, pour Aubri, un autre sujet de fierté.

Gaucher fit un geste en direction d'un écuyer qui se tenait un peu en retrait derrière la haute chaise :

— Thomas, conduis mon neveu auprès de frère Basile. Ce doit être le moment de quelque leçon. Et envoie-moi ce Gassion que je voie avec lui quand il compte s'en retourner en Valois.

***

Ils étaient une dizaine de garçons, entre dix et douze ans, installés dans une petite pièce voûtée séparée par une tenture de la chapelle du château. Des chandelles de suif éclairaient une longue planche de bois posée sur des tréteaux en guise de table. Assis, de part et d'autre, sur des escabeaux, les garçons traçaient, avec une pointe, les lettres de l'alphabet sur des morceaux d'écorce placés devant eux.

Un moine vêtu de la robe blanche de Cîteaux dictait les lettres en latin.

À l'entrée d'Aubri et de l'écuyer, toutes les têtes se levèrent. Le moine s'arrêta de dicter.

— Messire Gaucher vous envoie son neveu, Aubri, de Merteuil en Valois. Il vient tout juste d'arriver.

Il salua le moine et sortit.

Aubri se sentait plus mal à l'aise face à tous ces regards fixés sur lui que, l'instant d'avant, en présence de son oncle. Le moine l'observait et dit :

— Sois le bienvenu, Aubri. Mon nom est frère Basile. Ceux de tes compagnons, tu auras le temps de les connaître. Ne perdons pas de loisir. Faites-lui place, vous autres. Guilhem, donne-lui un escabeau.

Il tira d'un coffre un morceau d'écorce et une pointe, les tendit à Aubri :

— Sais-tu un peu l'abécédaire ?

— Ma mère me l'a enseigné en entier.

— Voyons donc. Trace-moi les premières lettres.

Il ne s'était pas exprimé en latin. Ce que ne manqua pas de relever à mi-voix un des garçons :

— En entier peut-être mais pas en latin.

Aubri releva vivement la tête. Il vit, dans un visage aux traits presque trop fins, deux yeux moqueurs, les plus clairs qu'il eût jamais vus. Il répliqua vivement en récitant en latin les premières lettres.

Le sourire moqueur du garçon s'accentua :

— Voyez, frère Basile, si le neveu de notre beau comte Gaucher, plutôt qu'un chevalier ne ferait pas meilleur clerc !

Et avec un petit salut à Aubri :

— Vous destine-t-on, messire latiniste, à l'abbaye de Saint-Denis ou à celle, plus nouvelle, de Bernard de Clairvaux.

Cette fois, Aubri rougit de colère et serra les poings.

Frère Basile intervint et dit avec rudesse :

— Paix, Renaud ! Paix ! Ou, par la Vierge mère, je vous fais tâter du fouet !

L'autre prit son air le plus insolent :

— Par la merci Dieu, frère Basile, le comte Gaucher vous l'interdira !

— N'ajoutez pas un péché à un autre en jurant le nom de Dieu. Si le comte Gaucher a pour vous grande faiblesse elle tient toute entière à sa courtoisie et à votre présente disgrâce. L'orgueil, en votre cas, est malvenu.

Les autres élèves avaient baissé la tête,évitant de regarder Renaud qui était devenu très rouge et, à son tour, serrait les poings. Mais il ne répliqua rien. Aubri s'efforcait de comprendre. Qui était ce Renaud, si beau, si insolent, et dont il rêvait déjà de se faire un ami ?

Il l'apprit peu de temps après, alors qu'ils s'exerçaient au jeu d'escrime, mêlés aux hommes d'armes, dans un pré bordant la première enceinte du château.

Thierry, un des « écoliers » auprès duquel il avait été assis pendant la classe de frère Basile – un gros garçon de gai visage semé de taches de rousseur et neveu lui aussi de Gaucher, mais par son père – le tira par le bras :

— Renaud joue les faucons avec frère Basile – c'est aisé – mais, cette fois, il l'a mouché et c'est bien fait.

— Mais qui est-il ?

L'autre le regarda, yeux ronds :

— Renaud ? C'est vrai que tu arrives de ton Valois ! Les nouvelles ne vont pas vite ! Renaud de Dammartin, oui, le fils du comte Aubri, son fils aîné. Le comte Aubri vient, par félonie, de trahir son serment envers le roi Philippe et de faire allégeance au roi d'Angleterre, Henri. Le roi de France est entré dans une si grande colère qu'il l'a déchu, par jugement, de son comté de Dammartin et Renaud n'a plus rien. Le comte Gaucher l'a pris en pitié et a prié le roi son cousin de le lui céder. Il est ici depuis la Noël dernière. Son père se bat en Normandie avec le roi Henri. Renaud dit qu'il le hait.

— Son propre père ?

Le gros Thierry haussa les épaules :

— Tu sais, ce qu'il dit... Ne te fie pas à lui !

— Et alors, vous autres là-bas ? C'est ça l'escrime ? hurla un sergent d'armes à l'intention des deux garçons.

Il se hâtèrent de rejoindre le groupe qui s'exerçait au milieu du pré.

En dépit des mises en garde de Thierry – ou à cause d'elles –, Aubri avait de plus en plus envie d'être ami avec ce Renaud.

Il n'en eut pas l'occasion pendant les premiers temps. Il avait trop à faire pour suivre le rythme de vie que Gaucher imposait aux futurs chevaliers de sa mesnie. D'autant qu'aucune femme n'était là pour se procurer quelque trêve courtoise. Mis à part les servantes, le château de Saint-Pol était un fief d'hommes. Gaucher récemment veuf, pas encore remarié, n'avait que des fils. Et la plupart des écuyers et chevaliers étaient condamnés au célibat, faute de biens.

Hormis les brèves leçons de frère Basile, le temps se passait en cavalcades d'où Aubri rentrait aussi fourbu que son cheval, et il serrait les dents sous les quolibets des hommes d'armes qui ne ménageaient guère tous ces garçons encore mal aguerris.

On ne leur confiait pas encore la longue épée de guerre mais ils apprenaient à manier la lance en bois, et s'exerçaient à faire tomber le mannequin de paille de la quintaine, en maintenant leur écu droit, attaché à l'avant-bras ou au poignet, tout en gardant en main les rênes de leur cheval. C'était un art difficile qui nécessitait un long apprentissage tant ces sortes de boucliers étaient grands.

Il y fallait de la patience et de l'agilité. Aubri, mince et leste, y excellait et Gaucher, après l'avoir observé pendant deux semaines, le confia à son plus ancien écuyer, Mathieu. Ce signe de faveur n'échappa à personne, surtout pas à Renaud. L'intérêt que Gaucher portait à Aubri, contrairement au mépris où il tenait son autre neveu, Thierry, était d'autant plus pénible à Renaud qu'il avait été jusque-là le favori du comte de Saint-Pol et qu'il avait reporté sur lui l'amour filial.

À présent, c'était Aubri que Gauthier voulait à ses côtés à la chasse, c'était lui qui se tenait le plus souvent debout près de sa haute chaise lorsqu'il était à table, lui qui servait à boire au comte ou portait, sur son ordre, un morceau de choix à l'un ou l'autre de ses hôtes. Et Gaucher en personne lui enseignait le jeu d'échecs.

Renaud souffrait et masquait sa jalousie sous une apparente indifférence qui commença à désoler Aubri. Renaud ne semblait jamais le voir. Son regard si clair le traversait, glacial, comme s'il n'eût pas existé. Il s'arrangeait pour ne jamais lui parler, même aux moments des plus joyeux désordres quand, le soir venu, ils se lançaient leurs oreillers bourrés de foin sur la paillasse qu'ils partageaient à cinq dans la chambre où dormaient les écuyers ; ou quand ils allaient à l'étuve et s'aspergeaient d'eau d'un baquet de bois à l'autre en riant aux éclats.

Il aurait aimé parler à Renaud en confidence, lui dire pourquoi cet art d'apprivoiser les faucons, tant prisé en chevalerie, lui paraissait si difficile. Et quelle peur lui inspirait cet oiseau depuis le jour de sa petite enfance où un jeune faucon, que son frère aîné tentait de dresser, l'avait attaqué, lui déchirant la joue si près de l'œil qu'on avait craint qu'il ne soit crevé. Il en portait encore la marque. Il n'avait osé en parler à personne ici, surtout pas à Gaucher.

Car ce dernier aimait spécialement la chasse au faucon. Il possédait plusieurs de ces oiseaux dont certains fort rares, en particulier un faucon blanc que lui avait offert le prince d'Antioche lors d'un pèlerinage fait en Terre Sainte. Gaucher y tenait énormément et personne d'autre que lui ne chassait avec.

Un jour qu'il se tenait faucon au poing,

Aubri et Renaud à ses côtés, il tendit l'oiseau à Aubri :

— Beau neveu, à toi l'honneur de lui ôter son capuchon.

Aubri ne put masquer un geste de recul. Gaucher fronça le sourcil, c'était la première fois que le garçon le décevait. Il tendit l'oiseau à Renaud en disant sèchement :

— L'art de fauconnerie est parmi les premiers que se doit d'acquérir un parfait chevalier. Il te faudra l'apprendre, Aubri.

Aubri rougit de honte et se tut.

Renaud avait vu le geste, en avait compris le sens et décida d'en tirer parti à la première occasion.

Elle se présenta au cours de l'été. Gaucher était allé rejoindre le roi Philippe qui guerroyait contre son éternel adversaire, le roi anglais, Henri.

Le château de Saint-Pol en paraissait presque vide, la plupart des hommes d'armes et des chevaliers ayant suivi le comte Gaucher.

C'était un jour très chaud de la fin de juillet. Les moissons commençaient et Gaucher, soucieux de voir rentrer les redevances paysannes, avait donné l'ordre à son intendant de veiller à ce qu'on ne gâte pas les blés mûrs par des chevauchées intempestives ou des chasses irraisonnées.

Renaud se trouvait seul près de la fauconnerie quand il vit arriver Aubri, escorté du gros Thierry.

— Venez voir, dit Renaud, Jean le Roux dort à poings fermés. La chaleur l'a terrassé au milieu de ses faucons. Il ne faut pas manquer ce spectacle !

— On l'entend ronfler d'ici ! fit en riant Thierry. Allons voir !

Aubri hésitait, partagé entre l'angoisse de se trouver face à tous ces faucons, même encagés, et le désir de vaincre sa peur en gagnant enfin l'amitié de Renaud. Pour une fois qu'il semblait le voir et lui parlait aimablement !

Surmontant son dégoût, il entra dans la fauconnerie. Jean le Roux dormait, en effet. D'un mouvement leste, Renaud se glissa le long des cages, ouvrit brusquement celle du faucon blanc et siffla comme le faisait Gaucher pour que l'oiseau prenne son vol. Le faucon partit face à Aubri.

Le hurlement qu'il poussa tira le maître fauconnier de son somme. Il vit à la fois le faucon blanc qui s'envolait au-dehors, Aubri décomposé, et seul. Renaud avait disparu. Thierry, épouvanté, s'était enfui.

Jean le Roux saisit Aubri par les cheveux, lui asséna deux gifles à le rendre sourd et, courant aux écuries, appela les palefreniers pour qu'on selle au plus vite les chevaux et qu'on tente de rattraper le faucon blanc.

Ce fut un beau tohu-bohu, une chevauchée folle à travers les blés, sous les insultes des moissonneurs. On finit par rattraper le faucon mais les dégâts étaient d'importance.

L'intendant, chargé de maintenir l'ordre en l'absence du comte Gaucher, se fit apporter un fouet, ordonna à Aubri de baisser ses braies et lui administra vingt coups sur les fesses.

Les dents serrées pour ne pas gémir, Aubri pensait avec rage à Renaud, à sa duplicité. Comment avait-il pu souhaiter s'en faire un ami ?

Mais le soir venu, après que frère Basile eut posé sur ses plaies un cataplasme d'herbes calmantes, Renaud vint vers Aubri. Dans ses yeux clairs, il n'y avait plus trace ni de moquerie ni d'insolence. Il tendit à Aubri un couteau de chasse qui ne le quittait jamais et dont le manche en corne portait sculptées les armes de Dammartin :

— Prends-le. Je te le dois.

Et comme Aubri le regardait stupéfait, il ajouta d'un air sombre :

— Tu t'es conduit en chevalier. Moi, j'ai agi de façon déloyale et basse. Mais je me punirai. Quand le comte Gaucher reviendra, je lui dirai la vérité. Dût-il me chasser.

Il tint parole. Au retour de Gaucher, il lui avoua tout, sa jalousie, la bassesse de sa vengeance et l'amitié nouvelle qui depuis le liait à Aubri au point que frère Basile les avait surnommés Castor et Pollux.

Le comte Gaucher resta songeur un moment. Puis il estima que pour un garçon aussi orgueilleux que Renaud, l'humiliation de l'aveu compensait la déloyauté de l'acte et il pardonna ; toutefois, il pria frère Basile de moins leur réciter de poèmes latins et de mieux leur apprendre les règles essentielles de la chevalerie : bravoure, honneur, loyauté et fidélité.

Cinq années passèrent sans que se démentît l'amitié que se portaient les deux garçons devenus presque adultes. Aubri n'était jamais revenu au château de son enfance, il n'avait revu ni son père ni sa mère et leurs traits, peu à peu, s'estompaient. Les âpres vents du plateau picard, balayant de larges cieux, lui faisaient oublier les douceurs encloses du Valois. Le comte Gaucher, était devenu son vrai père, Renaud de Dammartin lui était plus cher qu'un frère et Constance, la nouvelle épouse de Gaucher, lui faisait découvrir l'amour courtois, le « fin amor » – amour de dévotion et rêve de prouesses où l'esprit avait autant de part que le cœur.

De son côté, Renaud, avec ses yeux charmeurs et sa blondeur, séduisait toutes les femmes tandis qu'Aubri, mince et gai, et toujours aussi mal peigné, les amusait.

Même en cela ils demeuraient inséparables.

Vint enfin le jour de leur vingtième année, où, un matin de Pentecôte, ils furent adoubés chevaliers. Le temps des « enfances » s'achevait. Ils entraient dans le monde adulte.

Le comte Gaucher offrit à son neveu un cheval beaucent noir à taches blanches, une épée dont le pommeau contenait en relique un morceau de dent de saint Georges. Il y joignit un écu dont la boucle finement ciselée portait les couleurs de Saint-Pol.

Il le garda dans sa mouvance cependant que Renaud, dont le père était mort, suivait à sa cour le roi Philippe qui venait de lui rendre son comté de Dammartin. Redevenu riche, il offrit à Aubri avant de le quitter un heaume peint en vert que surmontait un faucon blanc. L'oiseau-symbole de leur amitié.

Chacun suivit dès lors un chemin différent. Une fois pourtant, ils se revirent. Sur un champ de bataille, près du pont de Bouvines, dans la chaleur d'un dimanche de juillet. Ils étaient dans des camps adverses, Aubri près du roi de France, Renaud, à l'image du père qu'il avait tant haï, avait trahi son suzerain pour rejoindre le roi anglais.

Devenu par son mariage seigneur des mers du Nord et comte de Boulogne, Renaud arborait à son heaume deux fanons de baleine et sur sa cotte d'armes les couleurs mêlées de Boulogne et de Dammartin. Aubri avait toujours son heaume au faucon blanc et les couleurs de Saint-Pol.

Comment ne se seraient-ils pas reconnus malgré la poussière rousse que levait le galop des destriers et la sueur qui, sous le fer brûlant du heaume, coulant du front aux yeux, aveuglait à demi ?

Pendant les trois heures que dura le combat, ils évitèrent de se faire face, tournant leur colère et leurs épées contre d'autres.

Au moment où le roi de France, vainqueur, donnait l'ordre de cesser le combat, Aubri aperçut Renaud gisant à terre et un homme de la piétaille, lui arrachant son heaume, levant sur lui son couteau.

Le voir ainsi frappé par l'arme déshonorante d'un rustre sans lignage fit bondir Aubri et, bien qu'il appartienne à son camp, il transperça l'homme de son épée.

Renaud leva sur lui ses yeux clairs. Un bref instant Aubri et lui se revirent, un ancien jour de juillet dans la fauconnerie du château de Saint-Pol, et tous deux eurent un sourire où passait de la nostalgie. Puis, Renaud détourna sa tête et comme frère Guérin, l'hospitalier ami du roi de France, accourait, il lui remit son épée en signe de reddition.

Aubri ne le revit jamais.

Les yeux de Mélusine

Jean l'Oublié, sautant de motte en motte en s'aidant de sa perche, le bissac de toile lui battant l'épaule, avançait prudemment dans le marais de Chaneuil. Il en connaissait les détours, les traîtrises mais aussi les meilleurs coins, là où l'osier poussait le plus dru, le plus droit. Depuis le temps qu'il y venait couper les joncs pour confectionner les nattes de sol du château de Lusignan, le marais n'avait plus rien à lui apprendre ! S'il ne pouvait dire qu'il y était né, du moins était-ce là, sur une levée de terre abritée de roseaux, qu'un sergent d'armes du château l'avait trouvé. Un enfançon encore à la mamelle, quasiment nu et braillant de faim comme un diable. « Oublié » comme tant d'autres cette année-là où de grands froids suivis de grandes pluies avaient gâté les récoltes, provoquant misère et famine. Une femme du village l'avait recueilli et nourri. L'homme avec qui elle vivait était coupeur de joncs et tisseur de nattes. Il lui avait appris le métier. Maintenant que l'homme était mort, c'était Jean l'Oublié qui fournissait, à sa place, le château de Lusignan.

Dieu seul savait combien il en fallait de nattes, avec tous ces chevaliers bardés de fer, ces écuyers, ces hommes d'armes qui allaient et venaient dans les salles, boueux, crottés, suivis de chiens dont les sauts et les crocs vous déchiquetaient en une heure ce que vous aviez mis deux jours à tresser !

Alors Jean l'Oublié reprenait son bissac, sa

perche, son couteau et repartait dans le marais chercher des joncs.

Et quand il faisait, comme ce matin-là, un vilain temps de mars avec des coulées de vent aigre rebroussant les eaux, il maugréait. Mais le travail pressait. La fête de Pâques approchait et, avec elle, la grande foire du Lundi de la Résurrection. Elle amenait dans le pays des marchands en nombre, pour le plus grand profit d'Hugues, comte de Lusignan, possesseur du château et de bien d'autres fiefs en Poitou.

C'était un grand seigneur plus redouté qu'aimé, coléreux, versatile. Il s'apprêtait à quitter le camp de son suzerain, le roi Henri II d'Angleterre, pour soutenir son fils, le prince Richard Cœur de Lion, en révolte contre lui. Le calcul semblait bon : le roi Henri était vieux et malade, Richard serait bientôt roi à sa place. Hugues de Lusignan en tirerait faveurs et profits ! Du moins à ce que disaient les chevaliers que Jean l'Oublié écoutait discuter entre eux quand il venait livrer ses nattes.

Ils parlaient aussi, mais avec mépris, de l'autre fils du roi Henri, ce Jean sans Terre, perfide et lâche, le préféré pourtant de son père. Allez comprendre ! On disait même qu'il voulait lui laisser, à sa mort, le royaume d'Angleterre et le Poitou et l'Aquitaine que lui avait apportés en dot la reine Aliénor. Comme si elle était déjà morte ! On savait bien pourquoi le roi son époux la retenait prisonnière dans un château d'Angleterrre : elle soutenait la révolte de leur fils Richard et tous les barons aquitains étaient pour elle !

Ah, songeait Jean l'Oublié en tirant son couteau pour couper ses joncs, c'étaient des affaires compliquées, des affaires de Grands ! Et la pluie qui commençait à tomber ! Il sauta sur une motte plus haute pour réajuster sa capuche sans risquer de se baigner les pieds et il faillit bel et bien tomber, d'émotion cette fois !

Un corps gisait moitié sur une plaque d'herbe, moitié dans l'eau. Le visage et le haut du corps étaient immergés. On n'en voyait que le dos. Se tenant solidement sur sa motte, Jean l'Oublié, à l'aide de sa perche, retourna le mort. Le visage n'avait pas séjourné longtemps dans l'eau car il n'était ni gonflé ni livide. Et il n'était pas mort noyé cet homme assez fort, bien vêtu, encore jeune. On l'avait étranglé. En témoignait la fine raie rouge qui encerclait son cou. Et pas pour le voler. À son doigt, une bague en or avec une pierre rouge et, à demi sortie des plis du surcot de laine fine, une façon de médaille qui semblait d'or également.

Jean l'Oublié resta un moment tout tremblant puis, essuyant d'un revers de manche la pluie qui lui coulait au visage, il se dirigea aussi vite qu'il put vers le château de Lusignan.

Au bord de la première enceinte, là où se tiendrait la foire, il y avait déjà grand remue-ménage. La plupart des marchands étaient arrivés et commençaient à s'installer dans le champ qui leur était dévolu. De premiers baraquements s'élevaient au milieu des appels, des cris, des chariots qu'on dételait, des marchandises qu'on entassait à l'abri de la pluie sous de grands morceaux de toile.

À cette agitation s'en joignait une autre car c'était le jour où le comte Hugues de Lusignan rendait la justice. Plaideurs et quémandeurs de toutes sortes arrivaient des villages et des bourgs voisins dépendant d'Hugues. Tous se hâtaient vers le château car, en raison du temps, justice serait rendue dans la grande salle et non sur le degré extérieur, près du grand lion de pierre. Le seigneur de Lusignan aimait se tenir là, parmi ses clercs et son conseil, quand le temps était beau.

Cette pluie qui l'obligeait à rester dedans l'agaçait et il était de méchante humeur. Impatienté aussi – et de plus en plus à mesure que les jours passaient : le printemps était là, favorable aux chevauchées de guerre, ses hommes d'armes étaient prêts. Quand Richard Cœur de Lion donnerait-il enfin le signal de la révolte ?

Un de ses prévôts, Arnaud Péchelèbre, chargé de surveiller la foire et de faire payer les taxes aux marchands, s'approcha :

— Messire, il y a là un jeune garçon dont l'oncle a disparu depuis hier. Un marchand de draps de Flandre.

— Endormi sans doute dans quelque taverne après quelque beuverie, fit Hugues en haussant les épaules.

— J'y avais songé aussi mais il dit que c'est impossible. Son oncle ne boit pas et ne fréquente pas les tavernes. Par ailleurs, j'ai fait mon enquête auprès d'autres marchands qui le connaissent et s'étonnent de sa disparition.

— Bon, bon, fais-le entrer, grogna Hugues. Et qu'est-ce encore que cela ?

Il désignait Jean l'Oublié qui, tout ému, poussé par un sergent d'armes, s'approchait de la haute chaise où se tenait Hugues de Lusignan.

— Il dit, fit le sergent, qu'il a trouvé un homme mort dans la jonquière du marais de Chaneuil.

À cet instant, quelqu'un poussa un cri et, bousculant le prévôt, les hommes d'armes et les clercs qui commençaient à prendre place sur l'estrade de chaque côté du comte, un jeune garçon se précipita vers Jean l'Oublié.

— Ce mort, comment est-il vêtu ? Quel âge a-t-il ? Quel…

Il dut s'interrompre. Hugues de Lusignan dit avec colère :

— Par la merci Dieu, voilà bien de l'audace ! Qui es-tu pour oser interroger cet homme avant moi ?

Le premier prévôt intervint :

— Il se nomme Thomas, messire, et il est le neveu du marchand disparu.

— Cela je l'avais compris sans ton aide, Arnaud Péchelèbre ! Mais qu'achèvent de s'installer, d'abord, les clercs et leurs registres plus ceux qui nous assistent de leurs conseils. Après quoi, nous aviserons.

Aux trois hommes d'église se joignirent le plus âgé des maîtres tisserands, Jean Vital, respecté de tous pour sa sagesse et sa probité ainsi que Barthélémy Gaillan, maître orfèvre et deux écuyers d'Hugues qui l'avaient connu enfant.

Pendant ce temps, la salle s'emplissait de tous les plaideurs des villages, plus quelques malandrins, voleurs de peu, braconniers pris collets en main, serfs en maraude et du plus gros gibier, un incendiaire et trois brigands pris lors de l'attaque d'une bande qui terrorisait le pays. Ces derniers, les pieds entravés, et sous bonne garde des gens d'armes.

Personne n'osait élever la voix. Juste quelques murmures en raison de la macabre découverte de Jean l'Oublié. Et un certain remous parmi les chevaliers de la suite d'Hugues : curiosité mêlée de dédain. Un marchand !

Quelques moqueries fusèrent même parmi ceux qui entouraient messire Guy, frère bâtard d'Hugues de Lusignan. Un beau chevalier blond aux yeux froids, au sourire rare, brave en ses prouesses jusqu'à la démesure, et plus ambitieux, pensaient certains, qu'il ne le montrait.

Cependant, Hugues, après avoir consulté son conseil, ordonnait à Arnaud Péchelèbre de prendre avec lui deux hommes, une claie et de se rendre dans le marais pour ramener le corps de l'homme mort. Jean l'Oublié le guiderait. Thomas, le jeune neveu du marchand disparu, ne fut pas autorisé à les suivre.

En attendant leur retour, le tribunal commença à entendre les premiers plaignants.

***

Le prévôt et ses hommes avançaient avec peine dans le marais qu'ils connaissaient mal. La pluie avait redoublé. Ils arrivèrent enfin près du corps, le chargèrent comme ils purent sur la claie d'osier qui pliait sous le poids. Jean l'Oublié examinait les alentours :

— Voyez, messire, dit-il au prévôt. Il n'a pas été tué là. On a traîné le corps jusqu'ici en passant sur la levée de terre qui borde le marais et finit dans le petit bois.

— Rentrons par ce chemin pour vérifier ton dire.

Ce fut aisé à vérifier. Tout du long, des tiges de jonc étaient cassées et des herbes ployées.

En arrivant au petit bois, les hommes s'arrêtèrent pour souffler et éponger leurs visages ruisselants de pluie. Jean l'Oublié continuait à observer. Il connaissait bien le petit bois. Il y venait, selon la saison, cueillir des champignons, des airelles ou des baies de houx qui, en décoction, guérissent la toux. Il se demanda, avec un peu de malice – car il n'aimait pas le prévôt, dur aux pauvres gens – s'il s'apercevait de ce qui lui sautait aux yeux : là, entre le gros genévrier et le buisson d'épine-vinette, on s'était battu. La mousse était piétinée, en partie arrachée et…

Il jeta un regard en coin au prévôt qui avait rabattu sa capuche jusqu'au nez pour se préserver de la pluie. Alors, se baissant vivement, il ramassa la pierre verte tombée là et il la glissa dans le petit sac de toile qui lui servait de bourse, accroché à ses braies. Il y réfléchirait après.

Le prévôt donnait l'ordre de repartir. Ils se remirent en marche et arrivèrent peu après dans la cour du château. Le cadavre du marchand fut porté dans la salle de justice. Cette fois, nul ne put retenir le jeune Thomas. Il se pencha sur le corps et éclata en sanglots.

— C'est donc ton oncle ? demanda Hugues.

Il ne put que hocher la tête et, tentant de se maîtriser, articula péniblement :

— C'est lui. Oh, c'est lui !

Le médecin d'Hugues se penchait à son tour, examinait le corps :

— Étranglé. Cela ne fait aucun doute.

— Pourquoi ? gémit Thomas, mais pourquoi ? Il était bon et honnête et…

Les sanglots le reprirent. Cependant, Hugues de Lusignan ne pouvait détacher ses yeux de la bague que le marchand portait au doigt.

— Cette bague, demanda-t-il au jeune Thomas, ton oncle l'avait-il depuis longtemps ?

Thomas le regarda avec surprise :

— Quelle bague ? Mon oncle ne portait pas de bague. Seulement, au cou, cette médaille d'or qu'il disait ancienne et que lui avait léguée son père.

— Il en porte une cependant. Regarde toi-même ! Affirmes-tu ne l'avoir jamais vue ?

— Jamais, je l'affirme.

Le visage d'Hugues semblait soucieux.

Soudain, de la foule massée au fond de la salle, une fille surgit. Elle portait un jupon rouge effrangé et une chemise de gros chanvre. Aucune coiffe, aucun bandeau ne retenait sa chevelure d'un blond éclatant. Elle s'avança hardiment vers l'estrade et dit :

— L'homme à la bague, je l'ai vu, hier. Il m'a parlé. Il cherchait son chemin.

— Cette fille est indécente ! Elle doit couvrir ses cheveux, gronda un des clercs.

Hugues eut un haussement d'épaules agacé :

— L'indécence est plus grande à mes yeux, frère Arnoul, de voir devant nous cet homme assassiné ! Mais par la grâce Dieu, je trouverai et châtierai son meurtrier !

Il avait parlé avec une violence qui surprit et, parmi les chevaliers, il y eut quelques murmures : Quoi ! Pour un marchand ! Mais Hugues se tournait vers la fille :

— Qui es-tu ?

— Je suis Maurine, fille de Pierre, le charbonnier de la forêt derrière l'étang.

— Et tu es sûre que cet homme qui t'a demandé son chemin est le mort qui gît là ?

Elle se pencha, regarda sans sourciller :

— Le même et la même bague. C'est elle qui m'a frappée. À cause de sa forme. Un animal comme je n'en ai jamais vu.

Le maître orfèvre, se levant, s'approcha pour examiner la bague.

— C'est un lion, dit-il, tenant en sa gueule un rubis.

Il y eut un silence. Les chevaliers se regardèrent. Guy le bâtard de Lusignan tenta de plaisanter à mi-voix. Un regard furieux d'Hugues lui fit baisser les yeux. Il quitta la salle en disant avec ostentation :

— Tant de bruit pour si petit sire !

Un de ses écuyers le suivit. L'autre, Olivier Damet, sur un bref regard du bâtard, resta.

La fille continua :

— Il m'a demandé le chemin pour aller à la Croix-Haute mais il ne l'a pas pris. Il est resté planté là comme un qui hésite ou qui attend. Et moi, je suis partie. (Elle se mit à rire.) Pas loin ! Je me suis cachée pour l'observer. Il a marché vers le petit bois. Je ne l'ai plus vu mais j'ai vu arriver deux cavaliers comme la nuit tombait. Eux aussi sont entrés dans le petit bois et un seul en est ressorti.

— Ce cavalier, pourrais-tu le reconnaître ?

— Je vous l'ai dit, la nuit tombait. Le cheval, lui, était beaucent à taches rousses.

— Comme il y en a tant ! Cela ne peut nous aider. Essaie de te souvenir d'un autre détail, de son vêtement si tu ne peux te souvenir de son visage.

Elle parut réfléchir, secoua la tête :

— Il était trop loin, il faisait trop sombre… Attendez… Quelque chose brillait à son côté… Non… je ne sais pas…

— Une épée ? Un poignard ?

— Je ne sais pas. Ça brillait. C'est tout.

— Pouvons-nous faire confiance aux dires d'une fille de la forêt et de ses ténèbres ? s'écria frère Arnoul.

— Maurine est une fille sauvage mais honnête tout comme son père le boisilleur, fit avec calme Jean Vital. De plus, elle est notre seul témoin. N'as-tu rien omis, petite, qui pourrait nous en apprendre plus ?

Elle secoua la tête d'un air désolé et

repartit au fond de la salle mais, en passant près de Thomas, elle murmura en lui jetant un regard attristé :

— C'est grand pitié de voir ta peine, gentil Thomas.

Elle était la première et la seule à avoir songé à la souffrance qu'il éprouvait. Il lui sourit avec reconnaissance.

Dans son coin, Jean l'Oublié réfléchissait. Cette pierre verte, qu'il avait ramassée dans le bois, il l'avait déjà vue quelque part. Mais où ? Il ne pouvait se le rappeler. Quand Maurine avait parlé du cavalier et dit « ça brillait », il avait été sur le point de se souvenir, puis plus rien. Il renonça, se remit à écouter les débats.

Le maître tisserand venait de demander que le comte interroge davantage Thomas sur son emploi du temps de la veille. Le garçon revint se placer au centre du vide ménagé face à l'estrade où se tenaient Hugues et son conseil.

Il répondit sans hésiter :

— Nous étions arrivés avant-hier soir vers la fin du jour avec d'autres marchands qui venaient comme nous de la foire de Tours.

Nous avions fait route ensemble par prudence. Cette région de Loire est peu sûre. Il y traîne des bandes de ces mercenaires, qu'on dit à la solde du roi anglais. Mon oncle pensait que la guerre ne tarderait pas à recommencer entre lui et le roi de France.

— Qui soutient le comte de Poitou, Richard, en révolte contre son père, dit le plus âgé des deux écuyers siégeant à côté d'Hugues. De lui, il ne parlait pas ?

— Je n'en ai pas le souvenir.

— Pourtant, murmura le maître Orfèvre à son voisin le tisserand, cette bague parle d'elle-même… le « Cœur de Lion »…

D'un geste discret, l'autre le fit taire.

Si le comte Hugues avait opté pour le silence, ce n'était pas à eux de le rompre !

Thomas continuait son récit :

— Messire le prévôt nous a accueillis et montré quels seraient nos emplacements. Nous avons laissé nos chariots à la garde de l'un des nôtres. C'était le tour de maître Gaucem de Troyes. Nous avons soupé et dormi à l'auberge de la cour basse. Le lendemain matin nous avons commencé à décharger les pièces de drap.

— Ton oncle était-il comme à l'ordinaire ?

Le garçon réfléchit :

— Peut-être un peu anxieux. Il avait l'air de guetter. Je pensais qu'il regardait si le ciel s'éclaircissait. La pluie nous gênait beaucoup.

— À ta connaissance, personne d'étranger à la foire ne lui a parlé ?

— Personne. Mais je n'étais pas toujours avec lui.

À ce moment, il se fit un mouvement dans la foule.

Ce fut un homme, cette fois, qui s'avança. Petit et maigre, encore jeune, l'œil vif et le sourire aux lèvres. Il salua jusqu'à terre dans un geste emphatique qui amena une grimace au visage de maître Jean Vital, le tisserand : quelle sorte de bonimenteur allait-on entendre ? Dès les premiers mots, il soupira.

— Messeigneurs, je suis Raoul de Saintes, marchand d'écuelles en terre et de pots en étain plus quelques autres marchandises dont je ne vous imposerai pas le détail. Mon emplacement est à côté de celui du feu drapier qui gît là. (Il se signe.) Dieu ait son âme.

— Viens-en au fait, fit Hugues impatienté. Qu'as-tu vu ?

— Vu, rien, messire, entendu, oui. De ces oreilles-ci que notre créateur à tous me fit grandes, vous pouvez en juger (il y eut des rires), ce qui aide à l'entendement et me servit, vu qu'ils parlaient assez bas.

— Qui parlait ?

— Le marchand et un autre dont je ne saisis que quatre mots : « L'aigle de l'alliance brisée… », dit-il, et le marchand l'interrompit pour répliquer : « Se réjouira en sa troisième nichée. » Ma foi, me suis-je dit, le compère trompe bien son monde et joue aux bouts rimés avec quelque trouvère ou jongleur. (Il salua de nouveau.) Messeigneurs, je le fus un temps, j'allais de château en château et…

Hugues l'interrompit sèchement :

— Est-ce tout ce que tu as entendu ? Alors, retire-toi !

Les chevaliers se regardaient. La bague d'abord, à présent cette phrase dont le sens était clair et devait servir de mot de passe à l'envoyé de Richard.

…« L'aigle » qui se disait « alie » en langue d'oc. N'était-ce pas le début du prénom d'Aliénor, la vieille reine prisonnière qui soutenait la révolte de Richard, son troisième fils, « troisième nichée », brisant ainsi l'alliance de son mariage avec le roi Henri…

Hugues regardait le cadavre du marchand, à son doigt cette bague que le meurtrier avait laissée. Comme un signe. Moquerie ? Menace ? Les deux sans doute. Celui qui venait de tuer le messager de Richard Cœur de Lion avait agi poussé par quelqu'un, pour le compte d'un autre, facile, lui, à identifier : le prince Jean, le sans Terre, le couard, allié avec son père par haine de son frère Richard. Et qui avait-il gagné à sa cause, ici même dans l'entourage d'Hugues ? Qui était le meurtrier ? Lequel de ses chevaliers le trahissait aussi ouvertement ?

Hugues se leva et annonça brusquement que toutes les autres affaires seraient jugées le lendemain. Puis il quitta la salle suivi de ses clercs effarés et inquiets.

***

Jean l'Oublié était revenu dans le petit bois. Il n'avait pu s'en empêcher et il allait du genévrier au buisson d'épine-vinette, sous un début de soleil qui perçait enfin entre deux ondées et faisait briller la mousse gorgée d'eau. Comme la pierre verte...

Ici, un homme avait été étranglé... deux cavaliers... un seul était ressorti... quelque chose brillait à son côté. Brusquement, il se souvint.

Il revoyait le visage de femme gravé sur le pommeau de l'épée... la fée aux yeux verts, Mélusine, celle à qui, selon la légende, les Lusignan devaient leur fortune. C'était un matin dans la salle du château, tandis qu'il posait ses nattes. L'épée passait de main en main pour en admirer le travail. Puis, celui à qui elle appartenait la fixait à sa ceinture. Lui, un meurtrier ? Était-ce possible ? Pourquoi ?

Jean l'Oublié en resta d'abord étourdi. Puis il eut peur. Il tira la pierre verte de sa bourse, la tint un moment au creux de sa main, hésitant à la laisser tomber sur la mousse où il l'avait trouvée. Et qu'on n'en parle plus !

Mais il ne pouvait se décider. Un meurtre est un péché grave, une atteinte à la vie que Dieu seul peut ôter. En se taisant, ne prenait-il pas une part de péché ?

À qui se confier ? À cause de la pierre, il

pensa à Barthélémy Gaillan, le maître orfèvre. Il siégeait au conseil de justice du château. Il saurait que faire.

Jean l'Oublié se rendit chez lui. Le maître orfèvre était seul dans son arrière-boutique. Une épée était posée devant lui. Sur le pommeau était gravés les traits de Mélusine et une des pierres vertes des yeux manquait.

Jean l'Oublié posa près de l'épée celle qu'il avait trouvée. Barthélémy la regarda avec stupeur et Jean raconta tout. Sans hésiter, l'orfèvre se rendit sur l'heure au château.

***

Hugues de Lusignan regardait son demi-frère. Guy était beau, plus beau que lui ! Il avait les traits fins et la blondeur de sa mère, une fille de noble lignage que le vieil Amaury de Lusignan, leur père à tous deux, avait beaucoup aimée. Il avait été assez furieux de ne pas pouvoir l'épouser. Mais aucun homme d'église n'avait osé annuler son premier mariage avec la comtesse Blanche, la mère d'Hugues, et Guy était né bâtard. Quelle amertume, quelles rancœurs s'étaient accumulées, au fil des jours, dans son cœur, contre ce frère qui était légitime, lui ?

Les deux hommes étaient seuls dans la petite pièce contiguë à celle d'apparat qui était la chambre privée d'Hugues.

Il dit lentement :

— L'aigle de l'alliance brisée se réjouira en sa troisième nichée.

Guy de Lusignan resta impassible :

— Jamet, mon écuyer, m'a rapporté les propos de ce bâteleur. Un fol qui a répété une prophétie ressassée dont nul n'ignore le sens !

— Sans doute, fit Hugues se forçant au calme, mais bien peu savaient que ce serait le signe auquel se reconnaîtrait l'envoyé du comte Richard qui, de surcroît, porterait au doigt une de ses bagues. Moi-même, j'ignorais qu'il choisirait un marchand.

— Maintenant tu le sais.

— Ce meurtre est, à sa façon, une déclaration de guerre !

— J'ai seulement choisi mon camp qui n'est pas le tien.

— Tu avoues donc qu'en tuant l'envoyé du comte Richard tu fais allégeance au prince Jean. Que t'a-t-il promis : mes fiefs ? mes terres ? mon titre ? tout ce que tu ambitionnes et ne peux avoir de façon légitime ! Et tu te fies à ce serpent qui trahit tout et tout le monde !

Le visage de Guy s'était durci mais il répliqua du même ton désinvolte :

— Qui ne le fait en ces temps de trouble ? Et que fais-tu toi-même en t'alliant à Richard contre le roi, ton suzerain.

Hugues devint pourpre de colère :

— Mais moi, quand je tue, c'est de face, en combat loyal, non dans un guet-apens, par-derrière, avec un lacet, arme vile !

Guy haussa les épaules :

— Était-il chevalier ? À vilain, arme vile !

— Un meurtre reste un meurtre et je te traînerai devant mon tribunal. Justice sera faite !

Guy regarda son demi-frère avec insolence :

— Tu serais moins soucieux de justice s'il n'était pas l'envoyé de Richard ! D'ailleurs, tu ne peux rien prouver !

Hugues ouvrit un coffre, en tira l'épée, la lança sur le sol :

— La pierre qui manque, tu l'as perdue dans le petit bois soit en aidant ton écuyer, ce Jamet qui irait en enfer pour toi, à traîner le corps, soit parce que le malheureux marchand s'est débattu, plus vigoureux que vous ne pensiez ! Cette pierre, un homme l'a trouvée et il témoignera !

Guy de Lusignan avait un peu pâli mais ses yeux restèrent froids et sa bouche se courba de mépris :

— Quelque manant, quelque rustre ! Si je nie, de quel poids sera sa parole contre la mienne ?

Hugues ne put plus retenir sa colère :

— Tu nierais ! Race fourbe, race traîtresse, tu es bien du sang de Mélusine, cette démone !

Le bâtard eut un sourire moqueur :

— Tu en descends aussi ! Moi, je ne me sens pas coupable et si tu oses me convoquer devant ton tribunal...

Hugues l'interrompit violemment :

— J'oserai ! Dès ce jour.

— Alors, je réclamerai ce qui est mon droit de chevalier ! Le Jugement de Dieu. Tu ne pourras me le refuser et on verra ce que décidera la justice divine. Car, je te le répète, en tuant ce traître je considère que je n'ai commis nul péché mais fait œuvre juste.

J'exige le combat qui le prouvera aux yeux de tous.

— C'est bon. Sois tranquille, ce ne sera pas un mais dix champions que je trouverai pour te combattre !

Guy eut le même sourire froid :

— Un seul me suffira. Mais qu'il réfléchisse avant de m'affronter, surtout s'il tient à sa vie.

— Qui pourrait ignorer la règle du combat d'un Jugement de Dieu ? Il ne s'achève qu'avec la mort.

Et, tournant le dos, à son frère, il quitta la salle.

***

On avait entouré de lices un grand pré comme pour un tournoi et il y avait foule. La nouvelle de l'accusation de meurtre portée contre le bâtard de Lusignan s'était répandue à la façon d'une tombée de grêle et chacun voulait assister au combat du jugement de Dieu.

Thomas qui se tenait tout contre les cordes de la barrière, la vit arriver de loin, avec sa jupe rouge, ses cheveux de soleil et son pas dansant. Et il fut heureux qu'elle vienne vers lui qui se sentait si seul dans cette foule. Elle lui prit la main dès que commença le combat.

Il dura trois heures d'une lutte acharnée; commencée à cheval et à la lance, achevée à pied et à l'épée, chevaux morts, lances brisées.

À deux reprises, le bâtard de Lusignan fut sur le point de l'emporter. Chacun retenait son souffle et la main de Maurine serrait alors plus fort celle de Thomas. Tous deux pensaient, ce serait trop injuste, Dieu ne peut vouloir cela!

Mais le champion adverse était un chevalier déterminé à vaincre et habile à l'estoc. À la fin de la troisième heure, Guy de Lusignan, heaume arraché, visage en sang, s'effondra et mourut. La foule applaudit au Jugement de Dieu qui venait de le déclarer coupable puisqu'il était vaincu et mort.

Près de lui, sur le pommeau de l'épée brisée, luisait la pierre verte de l'œil de Mélusine.

Maurine et Thomas quittèrent le pré, main dans la main. Jean l'Oublié, dans le brouhaha, fut le seul à le remarquer et il eut envie de chanter.

97

La messagère

C'était imprudent et dangereux de rester immobile derrière ce muret de pierres sèches qui le dissimulait à peine. Il le savait. Des bandes armées sillonnaient le pays depuis que la guerre avait recommencé.

Avait-elle jamais vraiment cessé ? Les rois se succédaient, les prétentions demeuraient intactes. À qui le trône de France? Au roi valois? Au roi anglais?

Tant et tant d'années de chevauchées ravageuses, de villes mises à sac, de batailles perdues ou gagnées, en Normandie comme en Languedoc, par tout le pays, pillages et misère. De loin en loin une trêve. Et ce nouveau fléau : la peste. Pis en un sens que la guerre car nul ne pouvait s'en dire à l'abri tandis que les passages des soldats étaient comme la grêle qui frappe au hasard, ici et non là.

Guiraud était né au cœur de cette tourmente et n'avait rien connu d'autre depuis vingt-cinq années. Plus de bas que de hauts et pour uniques rêves les récits, cent fois répétés, du vieil écuyer Mauvesin évoquant tous ce fort château que Guiraud, mal abrité derrière le muret de pierres sèches, voyait enfin.

Ce n'était plus des mots – ces chimères –, mais des réalités, des tours, des créneaux, des meurtrières, un chemin de ronde, des poternes et un pont-levis. Et, à l'ouest, plus infranchissable qu'aucune douve, la rivière qui en baignait le pied.

Ce château dont la vue le fascinait avait été celui de son père et d'une longue lignée de seigneurs de Fargues, ses ancêtres. Leur fidélité au roi de France, leur suzerain, ne s'était jamais démentie. C'était bien là, le malheur!

Au cours de ces guerres, les châteaux tombaient, comme un jeu de cartes, aux mains des Français, aux mains des Anglais.

Fargues était tombé, par traîtrise, aux mains de Richard de Leyburn et ce maudit Anglais en était désormais le maître. Guilhem de Fargues s'était battu comme un lion mais que peut la seule vaillance contre le nombre?

Il était mort, tous ses hommes avec lui. Seul l'écuyer Mauvesin avait pu fuir, emportant Guiraud, un tout petit enfant qui se débattait sans comprendre, étouffant à demi dans les plis du manteau où l'écuyer le dissimulait. De cela, Guiraud se souvenait. De cela seulement.

Maintenant la guerre avait repris, avec de nouveaux hommes, de nouveaux capitaines. Guiraud était l'un d'eux et Dunois, le bâtard d'Orléans, sous les ordres de qui il avait servi, venait de lui confier quarante lances pour reconquérir sur Leyburn son château.

Ce ne serait pas aisé. Leyburn avait installé une garnison de plus de cent hommes.

L'assiéger? Guiraud n'en avait pas les moyens. Donner l'assaut? Sans machines de guerre, contre de pareils murs, il ne fallait pas y songer. Restait la ruse. Mais laquelle?

Guiraud y réfléchissait derrière son muret de pierres sèches. Il voyait distinctement les allées et venues des hommes d'armes sur le chemin de ronde. Parmi eux, des archers.

Il en vit un, soudain, bander son arc. La flèche passa en sifflant au-dessus de sa tête. Il se retourna. Elle venait de se planter dans le cou d'une chèvre qui avait dû surgir de derrière le talus comme surgissait à présent la fille. Elle regarda la chèvre qui agonisait et, sans se soucier de Guiraud, tendit le poing vers le château et cria :

— Maudits! Qui tuez le pain des pauvres gens pour votre amusement! Maudits!

— Ne reste pas là, dit Guiraud. Il va venir chercher sa flèche.

Comme elle ne bougeait pas, il la secoua et, la prenant par la main, l'entraîna en courant à travers les vignes. Lorsqu'ils furent à couvert sous un petit bois, il s'arrêta. La fille était petite et maigre et n'avait pas pesé à son bras davantage qu'un jeune faon. Elle en avait d'ailleurs les larges yeux bruns. Elle dit :

— Sans sa chèvre la vieille mourra. C'est son lait qui la nourrissait. Moi je la lui gardais. Elle m'en donnait un peu et la nuit, elle m'abritait dans sa cabane.

— Tu n'as pas de parents ?

— Ils ont péri. Tout le village.

— La guerre ?

Elle secoua la tête :

— Non. La mort noire. Le vieux le disait. Il restait plus que lui et moi. On est parti. On a marché dans la forêt. Le vieux disait qu'il fallait se cacher des gens si on voulait échapper au mal. Il savait quelles herbes on peut manger, quels champignons empoisonnent et où trouver de l'eau pour boire. Il était malin, le vieux ! C'était loin d'ici et il y a longtemps. Après, il est mort. J'ai marché jusqu'à ce village, avec d'autres gens qui, eux, fuyaient les soldats. La vieille cherchait quelqu'un pour garder sa chèvre. Je suis restée.

Elle parlait d'une voix unie, comme indifférente aux malheurs qu'elle racontait. Elle regarda Guiraud :

— Toi non plus tu n'es pas d'ici. Et tu te

caches pour regarder le château et tu caches ton cheval dans le bois de la lande. Mal, je l'ai vu. Méfie-toi ! Les hommes du Leyburn sont partout. On les hait mais ils sont les plus forts. Alors on courbe l'échine.

— Le château de Fargues n'a pas toujours été aux mains des Anglais. Les anciens seigneurs, personne n'en parle ?

Elle eut un geste évasif :

— C'était l'ancien temps.

— Il peut revenir. Si le château est pris...

Elle haussa les épaules :

— Le prendre ! Personne ne le peut ! Autant essayer de faire rire une poule !

— Attends un peu et tu verras ! fit-il en s'éloignant. Puis, se retournant : Au fait, comment t'appelles-tu ?

— Le vieux disait que c'était Jeanne.

— Comme la Pucelle qui libéra Orléans ! Bon augure !

Et il partit à grandes enjambées en direction du bois de la lande.

***

Jeanne était avec les autres femmes qui lavaient, agenouillées sur l'herbe, le linge posé devant elles sur des pierres plates où affleurait l'eau de la rivière. Le château les dominait de sa masse.

Toutes, soudain, levèrent la tête au bruit du pont-levis qui s'abaissait. Dans un fracas de chevaux, des cliquetis d'armures, une troupe importante quittait le château. En tête, reconnaissable au léopard d'argent qui surmontait son casque, Richard de Leyburn, monté sur son destrier blanc.

— La moitié de la garnison s'en va, s'exclama une des laveuses. Pour laisser son château à demi-vide, sire Richard qui est si prudent doit avoir une bonne raison ! Savoir laquelle !

Jeanne se posait la même question tout en emplissant de linge lavé la corbeille d'osier qu'elle plaça sur sa tête. Puis elle gravit d'un pas leste le sentier assez raide menant à la première enceinte du château. C'était là qu'habitait Pierre du Carrost, le sabotier chez qui elle s'était placée après la mort de la chèvre.

Rabot en main, il semblait très excité et s'écria :

— Tu les as vu filer ? Maderan, l'intendant, était là à choisir des galoches et il m'a expliqué : la paye des compagnies du bâtard d'Orléans va passer le gué de la Trene. Tout un convoi d'argent, sous petite escorte, et les coffres camouflés sous des bottes de foin, pour ne pas alerter ! (Il éclata de rire.) Du foin ! de l'or, oui ! Facile à prendre. Bonne aubaine pour messire Richard !

— Comment l'a-t-il su ? demanda Jeanne.

— Un messager, traître aux Français a vendu la mèche. Sans doute qu'il n'y perdra pas !

Jeanne haussa les épaules et sortit pour étendre le linge sur un petit morceau de pré longeant le pont-levis.

Elle vit soudain arriver une file de charrettes chargées de fagots, escortées de paysans eux-mêmes courbés sous le poids d'autres fagots.

L'homme de garde s'avança sur le pont-levis resté levé :

— Qu'est-ce que cela ?

— Tu le vois, fit un des paysans. C'est le

bois que messire Richard a commandé pour chauffer ses bains.

L'homme hésita, appela un camarade. Ils se concertaient. Pour finir, ils appelèrent un sergent. La discussion entre eux reprit.

Pendant ce temps, Jeanne observait le paysan qui avait parlé. Même noirci comme il était, ce visage lui rappelait... elle cherchait... ces pommettes hautes, ce nez en bec d'aigle... ce regard hardi... mais oui, c'était lui... l'étranger qui cachait son cheval dans les bois de la lande... Elle en resta bouche bée.

Le sergent finit par faire ouvrir la poterne. Paysans et charrettes s'y engouffrèrent et pénétrèrent dans l'enceinte du château. Ils passèrent à frôler Jeanne. En la voyant, l'inconnu eut un petit sourire et mit un doigt devant sa bouche. Jeanne inclina la tête avec un peu de colère. Qu'est-ce qu'il croyait ? Qu'elle allait pousser des cris et ameuter la garnison ? Elle était bien trop curieuse de savoir ce qu'il allait faire avec ses fagots !

Sans hésiter, elle les suivit et tant pis si le sabotier l'appelait !

Parvenu au centre de la cour, le convoi s'arrêta. Des hommes d'armes désœuvrés erraient ici et là. Des palefreniers sortirent. L'intendant Maderan quitta son logis adossé à la courtine et s'avança, sourcils fronçés :

— Où est Simon ? C'est lui, d'ordinaire qui amène le bois ? Pourquoi...

Il ne put achever sa phrase. En un tournemain, Guiraud et ses compagnons avaient jeté à terre leurs fagots, en tiraient lances et épées qu'ils y avaient dissimulées et, arrachant leurs surcots d'emprunt, apparaissaient en cottes de mailles. De dessous les fagots entassés sur les charrettes, d'autres hommes sortaient, également cuirassés et armés.

Il y eut un instant de stupeur. Les hommes d'armes du château, les palefreniers, l'intendant, tous semblaient figés. Seule Jeanne avait envie de battre des mains et de rire. C'était donc là sa ruse pour prendre le château !

Il n'était pas encore à lui !

Le premier effet de surprise passé, les hommes d'armes se ressaisirent, affluèrent de la salle de garde. Les épées cliquetaient, les corps à corps étaient rudes. Guiraud et les siens combattaient tête nue n'ayant pu dissimuler de heaume sous leurs capuchons.

Et Guiraud, le front tailladé, aveuglé par le sang qui coulait sur son visage, dut se replier dans un redan de la courtine, près du logis de l'intendant.

Jeanne qui s'y était réfugiée vit un sergent anglais approcher de Guiraud, sa dague à la main. Sans hésiter, elle saisit le gros mortier de pierre qui servait à piler les épices et le lança de toutes ses forces au visage du sergent qui vacilla sous le choc et lâcha sa dague.

— Es-tu folle ? cria l'intendant Maderan. Tu veux nous faire tous massacrer ?

Et il tira vivement Jeanne en arrière. Mais un homme de Guiraud qui accourait à son secours avait vu la scène et s'exclama :

— Bien lancé, fillette ! Tu ferais un bon archer, tu sais viser !

Le combat se poursuivit dans l'escalier de la tour principale où refluaient, pour avoir sur leurs poursuivants l'avantage d'être gardés par le mur de côté, les hommes de Leyburn. Ce fut vain. Ils luttèrent ensuite d'une échauguette à l'autre, sur le chemin de ronde et jusque dans l'étroit couloir inséré à l'intérieur d'une courtine.

Enfin Guiraud l'emporta. Non sans pertes :

quatre de ses hommes étaient morts et plusieurs étaient blessés mais la garnison était anéantie. Tous morts ou prisonniers.

On appela le médecin du château pour panser la blessure de Guiraud plus en surface que vraiment grave. Mais le sang coulait d'abondance.

Aussi, ce fut la tête enturbannée comme un pacha d'Egypte qu'il reçut l'intendant Maderan accouru au bruit de la victoire, dos courbé et trousseaux de clefs en main.

— Bienvenue, messire de Fargues, dans votre château reconquis, fit Maderan d'une voix pateline.

— Les nouvelles vont vite ! Tu n'as plus peur de te faire massacrer à cause d'une fille qui m'a sauvé la vie ?

Et comme l'autre restait muet d'embarras, Guiraud se mit à rire :

— Eh oui, tu vois, le sergent venu à mon aide m'a tout raconté. Cette fille est placée chez toi ?

— Non, messire, chez Pierre du Carrost, le sabotier. Et il ajouta, doucereux : On la dit vaillante et honnête mais nul ne sait d'où elle vient.

Déjà Guiraud ne l'écoutait plus. Son visage était redevenu soucieux. Il ordonna :

— Conduis-moi aux magasins et aux celliers. Je veux voir s'ils sont approvisionnés.

— Plus qu'approvisionnés, s'écria l'intendant. Ils regorgent, viandes fumées, poissons en caques, jarres de miel, beurre salé, fromages. Par ces temps troublés où l'on n'est sûr de rien... (il toussota) la preuve... messire de Leyburn avait accumulé de quoi soutenir un siège !

— Et l'eau ?

— Le puits, vous l'allez voir, est profond et la source qui l'alimente, de mémoire d'homme, n'a jamais tari.

— Que saint Michel et saint Denis t'entendent ! Car ce siège, nous ne tarderons pas à l'avoir. Richard de Leyburn va tenter, sois en sûr, de reprendre son château.

— Dont il fut chassé par la ruse ? se risqua à demander l'intendant curieux de savoir le fin mot de l'affaire. Ce convoi de pièces d'or destiné à payer les soldats de messire Dunois...

— N'existe pas plus que des cornes au front d'un agneau ! La ruse n'est pas neuve et pourtant réussit toujours tant est grand l'attrait de l'or. Et l'homme qui jouait le traître est un bon comédien, jongleur habile ! Il saura se sauver à temps pour échapper à la colère de Leyburn.

... Une colère noire qui rendait muets, autour de lui, chevaliers et hommes d'armes, tandis que Richard de Leyburn s'en retournait chez lui après un jour de vaine attente d'un convoi d'or imaginaire. Et le faux traître lui glissant aux doigts comme une anguille ! Il aurait aimé lui faire subir cent supplices, lui crever les yeux, lui couper le nez, l'écorcher vif ! S'être moqué de lui ainsi ! La rage lui faisait serrer les poings sous ses gantelets de fer et de grandes bouffées de chaleur l'étouffaient. Il fit délacer son heaume, l'arracha de sa tête et l'eût jeté à terre sans l'habileté de son écuyer qui l'attrapa au vol. Le léopard d'argent du cimier scintillait au soleil comme une moquerie de plus. Et maintenant l'inquiétude gagnait Richard. Car enfin cette ruse devait en cacher une autre. Laquelle ?

La réponse, il l'eut devant lui quand, au sortir de la forêt de Brenne, il aperçut, flottant au sommet de la tour principale du château, l'oriflamme à bandes vertes coupées d'or qu'il connaissait trop bien. Il arrêta si brutalement sa monture qu'elle se cabra. Tous regardèrent à leur tour et se turent.

C'était donc vrai ! Sur ce point du moins, le faux traître n'avait pas menti : Guiraud de Fargues était vivant, protégé du Bâtard d'Orléans et revenu dans le pays... Il avait repris le château de son père mais, patience... Comme au jeu d'échecs qu'il aimait, Richard avait perdu les tours, il n'était pas encore mat !

Il resta un moment immobile à contempler l'oriflamme puis donna l'ordre de tourner bride pour se rendre au château de son cousin le sénéchal.

***

Accompagné de Raoul de Guines, son compagnon d'armes et ami de toujours,

Guiraud faisait lentement le tour du château. Il s'attendait à affronter un siège, il fallait prévoir la défense et ce qu'il voyait le réconfortait.

Les tours commandaient les courtines, le tracé des places, le profil des ouvrages éliminait au maximum les angles morts et si l'on pouvait atteindre le pied des murs depuis les meurtrières, les échauguettes en saillie sur les courtines permettraient un jet vertical de projectiles sur d'éventuels assaillants.

— S'ils tentent de dresser des échelles, ils comprendront vite ! fit Renaud, qui ajouta, admiratif : Celui qui a construit ce château n'ignorait rien de l'art de la guerre. Regarde ! Même si Leyburn essaie d'enfoncer les portes au bélier, il lui faudra d'abord prendre les barbacanes qui commandent le pont-levis et ça... Donne-moi dix hommes et je l'en empêche.

— Sans doute, dit Guiraud. Mais une sape, en revanche... Suppose qu'il fasse creuser une galerie assez éloignée des murailles pour que ses hommes ne tombent pas, à chaque coup de pioche, sous les flèches ou les carreaux d'arbalète des miens, il lui sera alors facile de mettre le feu aux piliers de bois qui supportent tel pan de mur ou telle tour. Il y aura éboulement, brèche, et il entrera !

— Peut-être mais voilà plus d'une semaine que tu lui as pris, sous son nez, ce château et il ne nous a pas encore assiégés.

— C'est justement ce qui m'inquiète. Il doit être en train de rameuter tous les chevaliers du pays qui se sont faits anglais et nous n'avons, nous, que trente hommes. J'aurais dû prévenir Dunoit. Il aurait compris ce qui risquait d'arriver !

L'idée était bonne et sage mais venue trop tard. Pendant cette semaine-là, comme Guiraud l'avait supposé, Richard de Leyburn avec l'aide de son cousin le sénéchal avait levé tous les hommes qu'il avait pu. Deux bandes de mercenaires qui écumaient la région s'étaient jointes à lui, moyennant monnaie.

Il était maintenant prêt. Il mit la nuit à profit et, lorsque l'aube se leva, le château de Fargues était encerclé. Les paysans des villages avaient juste eu le temps de fuir dans les bois. Ceux de l'enceinte se retrouvaient assiégés.

Devant le nombre d'hommes que Leyburn avait réunis, chacun, à l'intérieur du château, pensa que l'assaut était imminent. Et on s'y prépara fiévreusement. On accumula le long des créneaux, pierres et quartiers de roches pour les lancer sur l'assaillant le moment venu. Jour et nuit les veilleurs se succédaient dans la guette, prêts à donner l'alarme au premier mouvement suspect. À chaque meurtrière une arbalète était en place et les dix hommes réclamés par Raoul de Guines à l'intérieur des deux barbacanes défendant le pont-levis.

L'agitation était générale, tout le monde s'était mobilisé, de l'intendant au sabotier et mêmes les femmes. Du moins les plus vigoureuses ce qui faisait enrager Jeanne, jugée trop gringalette et tenue à l'écart.

Une semaine passa, puis une autre. Richard de Leyburn ne donnait toujours pas l'assaut. Les brabançons, pour s'occuper, brûlaient un village ici où là, saccageaient par amusement les labours où mûrissaient les blés, et Guiraud serrait les poings, de colère impuissante, face à ses biens ravagés. À la fin de mai, il lui fallut se rendre à l'évidence : Leyburn avait décidé d'attendre qu'à l'intérieur du château les vivres soient épuisés, la garnison affamée, en moindre état de résistance et alors seulement, il donnerait l'assaut.

Pour n'être pas nouvelle, la tactique s'était le plus souvent révélée efficace. Château-Gaillard avait tenu six mois, Saint-Jean-d'Acre deux ans... Tel château moins, tel autre plus, mais au bout du compte, force avait été de se rendre.

***

À la mi-juillet, après avoir fait une tournée dans les réserves, Guiraud réunit en conseil ses hommes et les quelques villageois et artisans de la première enceinte. Il leur exposa la situation :

— Nous pouvons tenir encore un mois, deux peut-être en rationnant strictement tout, en espérant qu'aucune fièvre maligne ne nous frappe, avec le début des chaleurs et que Leyburn ne tente d'emprisonner par quelque charogne la source qui alimente notre puits.

Il y eut des soupirs dans l'assistance. Et des murmures.

— Je sais, reprit Guiraud en élevant la voix,

que le désordre s'installe dans les esprits et la jalousie voire la méfiance, triste tribut de tout siège. Nous devons donc, à tout prix, envoyer un messager à messire Dunois. Il combat près de Poitiers. Il est donc assez proche pour nous venir en aide en attaquant Leyburn sur ses arrières ce qui nous permettrait de faire une sortie qui le prendra en tenaille et l'obligera à lever le siège.

— Quel messager et comment lui faire quitter le château sans que Leyburn s'en aperçoive ? demanda après un silence le forgeron Faure, qui était du fait de son métier un homme pratique.

— Par le seul endroit qui n'est que peu surveillé, pour cause, la rivière. Là, le mur d'enceinte et la tour ouest dominent l'eau.

— À plus de trente pieds ! s'exclama un des hommes d'armes et par la seule ouverture fort étroite d'une échauguette. Aucun homme ne peut y passer !

— Il y a aussi la meurtrière la plus basse, la plus proche de l'eau que Leyburn a fait élargir à la base dans l'idée d'y faire placer une bouche à feu. L'embrasure est ronde.

— Certes, fit Raoul de Guines qui avait

écouté attentivement. Si tu comptes envoyer pour messager un chat, il passera. Un humain, jamais !

Malgré la gravité de l'heure, il y eut quelques rires.

— On peut toujours essayer, dit Guiraud. On verra.

Ce fut tout vu ! Aucun homme ne pouvait passer par le trou. Un jongleur, peut-être, ou un acrobate habitué à se désarticuler auraient pu s'y glisser. On n'en avait pas sous la main ! Et chacun de se lamenter, le sabotier plus haut que tout le monde. Comme il avait la voix perçante, Jeanne eut d'abord envie de se boucher les oreilles. Puis elle réfléchit un grand moment. Et se décida.

En la voyant arriver devant lui, amenée par son homme d'armes, Guiraud s'étonna. Que venait-elle faire ? Mais quand elle exposa son plan, il n'y eut autour de lui que rires et quolibets. Cette fille se prenait-elle pour la pucelle d'Orléans ? Quelles voix écoutait-elle ? L'archange Gabriel ou sainte Marguerite ? Prenait-elle Guiraud pour le roi Charles ?

Guiraud, lui, regardait Jeanne. Petite, maigre, il se rappelait le peu de poids qu'elle avait pesé à son bras, se rappelait aussi sa présence d'esprit qui lui avait sauvé la vie. Il imposa silence à ses hommes et dit simplement à Jeanne :

— Essayons. Si tu peux passer par la meurtrière, tu seras ma messagère auprès de Dunoit.

À la stupeur générale, l'essai se révéla concluant. Guiraud décida donc que Jeanne serait la messagère. Il avait confiance. De son enfance errante à travers bois et villages dévastés, elle connaissait pièges et embûches et elle saurait les déjouer.

La première nuit sans lune, Jeanne, habillée en garçon, se glissa à travers l'ouverture, se laissa descendre le long d'une corde jusqu'à la rivière qui baignait le pied de la tour et la traversa à la nage. Sur l'autre rive, quelques sentinelles anglaises, postées là pour la forme, dormaient. Jeanne s'enfonça dans la forêt.

Commencèrent alors pour les assiégés des jours de longue attente, des heures de doute, des moments d'espérance que certains jugeaient folle. La faim commençait à creuser les visages, à affaiblir les forces. Des si nombreuses provisions dont s'était vanté l'intendant, il ne restait plus, après trois mois de siège, qu'un peu de farine. On y mêla de la paille hachée pour en faire du pain.

Dans le camp de Leyburn, on faisait ripaille avec ostentation et le vent chaud de juillet apportait aux narines des assiégés affamés des effluves de viandes rôties qui leur donnaient des envies de meurtre.

Guiraud avait compté qu'il faudrait à Jeanne une bonne semaine pour rejoindre Poitiers. En admettant qu'elle arrive assez vite jusqu'à Dunoit, qu'il l'écoute, se mette en route avec ses compagnies, il n'arriverait pas avant deux semaines. Or, il y avait maintenant presque un mois qu'elle était partie.

Le découragement gagnait de proche en proche et il devint si total que Guiraud commença à envisager de faire une sortie. Périr pour périr que ce soit, du moins, l'épée à la main, non comme un lapin qu'on enfume dans son terrier.

Aussi lorsqu'un des premiers matins d'août, l'homme de garde à la guette cria qu'il voyait monter au loin un nuage de poussière,

Guiraud pensa que la faim lui donnait des visions. Il alla tout de même le rejoindre.

Il vit alors que le camp de Leyburn montrait des signes de branle-bas, précurseurs de combat. Il se hâta de redescendre, convoqua ses sergents, fit armer ses hommes. De chevaux, il n'y en avait plus mais les munitions, elles, étaient intactes. On ne se nourrit ni de flèches ni de carreaux d'arbalète !

Les hommes se groupèrent aux abords du pont-levis. Ceux qui défendaient les barbacanes entendirent les premiers retentir le cri tant attendu : « Montjoie, Orléans ! » auquel répondit le « Saint-Georges, Leyburn ! » des Anglais.

Plus de doute, le bâtard d'Orléans était arrivé. Le combat commençait. Guiraud fit abaisser le pont-levis et chargea à la tête de ses hommes.

Leyburn se battit avec vaillance mais cette fois le nombre n'était plus de son côté. À la fin de l'après-midi, les mercenaires enfuis, la moitié de ses hommes tués, il remit son épée à Dunois qui le fit prisonnier en attendant de fixer le prix de sa rançon. Guiraud restait enfin maître de son château.

Quand Jeanne entra dans la ville, toujours déguisée en garçon – ce qui lui avait bien servi, dit-elle, car « si Dunois m'avait cru fille, jamais il ne m'aurait suivie » –, elle eut droit à tant d'ovations qu'elle en resta abasourdie un grand moment. Puis, elle dut expliquer le pourquoi, le comment, ce qu'elle avait fait, ce qu'elle avait dit, à quels périls elle avait échappé, chemin faisant... Tous la questionnaient, la pressaient, l'étouffaient. Elle finit par leur claquer au nez la porte du logis du sabotier qu'elle avait regagné tranquillement.

Ce fut Guiraud lui-même qui, quelques jours plus tard, vint l'en tirer. Il tenait en laisse une chèvre blanche qui portait au cou cinq clochettes d'or, une pour chacune des semaines passées à être messagère.

— Celle-là, dit-il en riant, j'espère que tu sauras la garder des archers anglais !

Épilogue

C'était à peine un chemin, plutôt un sentier muletier au tracé capricieux, bordé de genévriers, de fougères et de buissons de houx.

Les chevaux avançaient au pas et l'un des cavaliers, le plus âgé, demanda :

— Est-ce encore loin?

Il était mince, assez petit, vêtu avec une

élégance d'homme de la ville. Son compagnon, plus jeune mais plus lourd et vêtu d'un costume de chasse en gros velours, répondit :

— Nous arrivons. Après le prochain tournant, vous le verrez. Et croyez-moi, il en vaut la peine !

— Si vous le dites..., fit l'autre avec un léger sourire sceptique.

Les bois épais qu'ils venaient de traverser, brusquement s'éclaircissaient et, passé le tournant, ils eurent devant eux, soudain, le château fort. Dressé sur un piton rocheux, au-dessus d'une gorge sauvage, il avait encore grande allure. Et vu ainsi, de loin, il pouvait faire assez illusion pour que le cavalier le plus âgé s'écrie :

— Ce n'est pas une ruine !

— Plus près, vous verrez qu'hélas...

Sans achever sa phrase, il descendit de cheval. Son compagnon fit de même. Ils attachèrent leurs montures à un tronc de châtaignier et commencèrent à escalader la pente raide qui menait au château.

Malgré ses allures de citadin, le plus âgé des deux grimpait assez lestement. L'autre s'essoufflait et, lorsqu'ils furent au pied du mur d'enceinte, il s'épongea le front avec un de ces grands mouchoirs de toile jaune dont usaient, à la campagne, ceux qui prisaient.

De là, effectivement, on mesurait mieux les ravages du temps. La maçonnerie des tours était intacte mais les toitures que le vent avait arrachées par plaques laissaient à nu le bois des charpentes qui lentement pourrissait. Les orties et les ronces avaient envahi les cours. Les bâtiments principaux s'étaient en partie effondrés. Seul restait debout l'escalier de pierre qui avait dû conduire à la salle d'apparat si l'on en jugeait par la cheminée, magnifiquement sculptée encore accrochée à un mur, comme suspendue au-dessus du vide.

— Superbe travail, dit le plus âgé en s'approchant. Et ces armoiries ?

— Écu droit à trois merlettes. Le blason d'Hugues de Merle, le dernier descendant du nom. Vers 1360. Il se hâta d'ajouter : Du moins si l'on en croit les divers papiers que mon père avait répertoriés et que j'ai consultés en apprenant votre venue, monsieur l'inspecteur des Monuments historiques.

Il avait énoncé le titre avec une déférence

qui amena un nouveau sourire, légèrement amusé, sur les lèvres minces.

— Votre père s'intéressait au passé de la région ? demanda-t-il courtoisement.

— Lorsqu'il n'a plus pu chasser. La vie de notaire, ici, laisse du temps.

L'inspecteur regardait les tours :

— La construction doit dater de l'époque de Philippe Auguste, ces tours rondes du moins... Il se pencha au-dessus du ravin : Un vrai nid-d'aigle ! Et de quoi vivaient-ils ? Rien que des bois... Le premier châtelain a dû se faire un peu brigand. Les caravanes d'épices des Vénitiens ne passaient pas loin, ni les marchands se rendant aux foires du Puy.

— Sans doute, dit le notaire un peu gêné, mais, par la suite, ils furent aux croisades. Trois des fils périrent devant Saint-Jean-d'Acre.

— Comme une bonne partie des tenants des grands fiefs, précisa l'inspecteur en continuant à marcher à petits pas, écartant de sa cravache les ronces et le lierre. Une chance pour le roi de France. Je me demande, ajouta-t-il en examinant attentivement un pan de muraille, si les Anglais vinrent jusque-là et s'il y eut siège… Il faudra que je regardc ces papiers de votre père. Mais les premiers gros dégâts, à mon sens, doivent dater de plus tard. Les guerres de religion ont fait ici beaucoup de mal.

— La bâtisse était encore en état sous le règne de Louis XII en tout cas. Le châtelain de l'époque y installa une garnison de fauconniers. Le détail est curieux et il m'a frappé.

— Un endroit rêvé pour le dressage de ces oiseaux, fit l'inspecteur, mesurant de l'œil les à-pics. La suite, on l'imagine aisément. L'abandon du château à quelque intendant… Ah, mon cher, Versailles, le Roi-Soleil, quel beau miroir aux alouettes et que des ruines semblables à celles-ci, ils nous auront valu. (Il hocha la tête.) La cour… Tous voulaient en être !

— La révolution, hasarda le notaire, a fait elle aussi bien du mal…

— Disons qu'elle a achevé ce qui était déjà lézardé, dans certains cas. Pour d'autres, les ventes comme biens nationaux ont été une sauvegarde. Les bourgeois laissent rarement s'effondrer leurs maisons et les paysans n'aiment pas voir leurs biens en friche. Or les acquéreurs, c'étaient eux !

— Pas ici, dit le notaire. C'était sans doute déjà trop en ruine. L'État, seul, peut... ou l'empereur...

— L'empereur donne déjà beaucoup sur sa cassette personnelle et l'État ne peut prendre en charge tout ce qui, dans ce pays, menace ruine. Il irait à la banqueroute. Vous n'imaginez pas quel crève-cœur c'est pour moi. Quand je vois tant de beautés architecturales, de fresques peintes aux murs d'églises, de pans entiers de notre histoire menacés de disparition. Tenez, j'étais l'autre jour à Aubrac. La Dômerie, cet hospice admirable, qui accueillit tant de pèlerins sur la route de Saint-Jacques-de-Compostelle, est encore à peu près debout ; après tant de siècles, c'est un vrai miracle mais un miracle menacé. Or je ne suis pas sûr du tout de pouvoir la sauver. L'argent, mon cher, l'argent...

— L'impératrice, peut-être... On la dit très pieuse.

— Elle l'est, fit avec un demi-sourire l'Inspecteur. Comme souvent les Espagnoles. Et peut-être aiderait-elle si Marie-Antoinette y était passée ! Elle voue un véritable culte à cette malheureuse reine. Vous ne le saviez pas ?

— Non, ma foi.

Il se mit à rire :

— Ce n'est pas un secret d'état que je vous confie là.

Le notaire insista :

— Votre ami Viollet-le-Duc que l'on dit fort intéressé par les châteaux du Moyen Âge ne pourrait-il… ?

— Il reconstruit Pierrefond, la cité de Carcassonne, Roquetaillade en pays de Graves. C'est déjà énorme et fait bien des chantiers. Je doute qu'il envisage d'en ajouter d'autres, si tentants soient-ils…

Ils commencèrent à redescendre en silence, remontèrent à cheval. Avant de reprendre le sentier, l'inspecteur jeta un dernier regard sur les tours et les murailles dressées sur leur piton de rocaille et soupira :

— Quel dommage. Et se tournant vers le notaire : J'essaierai de convaincre le surintendant aux beaux-arts. Il répéta : J'essaierai.

Mais, pensa le notaire, son ton ne laissait pas grand espoir.

Peut-être malgré tout aurait-il essayé, Prosper Mérimée, inspecteur des Monuments historiques nommé par Napoléon III, et aurait-il sauvé le château fort de Merle en le restaurant, sans la guerre de 1870, la défaite, l'abdication de l'empereur et sa mort à lui, Mérimée.

Alors, la pluie, le gel, le vent continuèrent leur œuvre. Et, de nos jours, seuls trois points noirs sur les cartes routières signalent aux randonneurs et aux touristes : ici, ruines de ce qui fut un château fort.

Table des matières

L'architecte 7
La reine d'un jour d'avril 31
Le faucon blanc 51
Les yeux de Mélusine 71
La messagère 97
Épilogue 123

Castor Poche

Des livres pour toutes les envies de lire,
envie de rire, de frissonner,
envie de partir loin
ou de se pelotonner dans un coin.

Des livres pour ceux qui dévorent.
Des livres pour ceux qui grignotent.
Des livres pour ceux qui croient ne pas aimer lire.
Des livres pour ouvrir l'appétit de lire et de grandir.

Castor Poche rassemble des textes du monde entier ; des récits qui parlent de vous mais aussi d'ailleurs, de pays lointains ou plus proches, de cultures différentes ; des romans, des récits, des témoignages, des documents écrits avec passion par des auteurs qui aiment la vie, qui défendent et respectent les différences. Des livres qui abordent les questions que vous vous posez.

Les auteurs, les illustrateurs, les traducteurs vous invitent à communiquer, à correspondre avec eux.

Castor Poche
Atelier du Père Castor
4, rue Casimir-Delavigne
75006 PARIS

Castor Poche, des livres pour toutes les envies de lire : voici une sélection de contes, légendes et récits du monde entier.

729 15 contes juifs du monde entier **Junior**
par Howard Schwartz et Barbara Rush
Avez-vous déjà vu un ange sans ailes ? Venus du Yémen, d'Irak, du Maroc ou de Pologne, ven,us aussi du fond des temps, ces quinze récits brefs et colorés marient dans une langue simple le quotidien et le merveilleux, le déroutant et la familier.

728 Marseille, de Phocée à César **Senior**
par Dominique Buisset
Onze textes pour évoquer des légendes, des anecdotes, ou des épisodes marquants de l'histoire de Marseille dans l'Antiquité, depuis ses origines phocéennes (600 av. J.-C.) jusqu'à la prise de la ville par Jules César.

727 10 récits de la danse classique **Senior**
par Anne-Marie Pol
Univers de grâce et de beauté, la danse classique est aussi synonyme de souffrances, de rivalités. Ces récits présentent les plus grands maîtres de la discipline, des bals à la cour du roi, jusqu'aux premières danseuses sur pointes.

726 10 contes du Grand Nord **Junior**
par Howard Norman
Venus du Groënland, d'Alaska ou de Sibérie, ces dix contes tirés de la tradition inuit nous invitent à plonger dans un monde où l'on épouse les mouettes, où les visiteurs impolis sont punis par les morses, et où les rêves des enfants font venir les oies...

703 12 contes de Guyane **Junior**
par Yves-Marie Clément
Ne cherchez ni fées ni baguettes magiques dans ces contes de la Russie des tsars. Ils sont le règne des pommes rajeunissantes, de l'eau vivifiante, de la ravissante Vassilissa, du preux Ivan et surtout... de l'affreuse Baba-Yaga!

702 7 récits des premiers trains **Junior**
par Michel Ehret
Contrée enchantée, l'Irlande est le royaume des druides et des chevaliers, de saint Patrick et de Deirdre des deouleurs, de Cuchulainn et des vaches de Cooley. Voyage au cœur de la mythologie celte...

695 7 contes d'Irlande **Senior**
par Anne Pons
Contré enchantée, l'Irlande est le royaume des druides et des chevaliers, de saint Patrick et de Deirdre des douleurs, de Cuchulain et des vaches de Cooley. Voyage au cœur de la mythologie celte...

687 14 contes de Russie **Senior**
par Robert Giraud
Ne cherchez ni fées ni baguettes magiques dans ces contes de la Russie des tsars. Ils sont le règne des pommes rajeunissantes, de l'eau vivifiante, de la ravissante Vassilissa, du preux Ivan et surtout... de l'affreuse Baba-Yaga!

680 16 contes de loups **Junior**
par Brigitte Coppin
Voici seize contes, pour passer des dents de la peur à la chaude fourrure de la tendresse, pour découvrir les multiples visages du loup dans l'imaginaire du monde, à travers tous les temps.

669 15 contes d'Amérique latine **Junior**
par Osvaldo Torres
Véritable « invitation au voyage », ces contes sillonnent l'Amérique latine toute entière. De la Patagonie au lac Titicaca, de l'Amazonie à la Pampa, ils célèbrent un univers magique, parfois surnaturel, où les animaux et la nature règnent en maîtres…

666 9 récits de Paris **Senior**
par Liliane Korb et Laurence Lefèvre
Saviez-vous que les Normands avaient attaqué Paris par la Seine ? Avez-vous déjà vu le Petit Homme Rouge aux Tuileries ? La Capitale regorge d'histoires, presque toutes vraies...

665 13 contes de l'Empire mongol **Senior**
par Laure de Cazenove et Odile Weulersse
Dans le désert des steppes, les caravanes avancent, doucement. Malgré ce calme apparent, nombreuses sont les aventures qui se déroulent autour des troupeaux. Genghis Khan passe par là et le vent se met à souffler très fort.

664 6 récits d'un château-fort **Junior**
par Jacqueline Mirande
Aujourd'hui il ne reste que des ruines. De Philippe-Auguste à Napoléon III, la vie et la mort d'un château-fort. Sa construction, ses aventures, ses batailles nous sont racontées à travers les siècles.

663 21 contes d'ours **Junior**
par Michel Bournaud
On dit souvent des ours qu'ils sont féroces et mal léchés... En Russie ils sont rois ; en Norvège ils volent le soleil ; en Amérique du Nord, ils sont si familiers qu'on les dit humains... Pour frissonner et rêver.

634 La légende d'Yvain, le chevalier au lion Senior
par Camille Sander
Yvain, chevalier à la cour du roi Arthur, part chercher l'aventure qui le consacrera aux yeux de tous comme un brave. Un lion le suit partout, pour affronter dragon, géant et démon qui le guettent...

625 19 contes du Limousin **Junior**
par Jan Dau Melhau
Un enfant gros comme un poing dans l'estomac d'un loup, un homme qui se mesure au diable... à la découverte du folklore occitan, ses mythes, contes moraux et contes d'animaux, facéties et démesures.

618 Les douze travaux d'Hercule **Junior**
par Dominique Buisset
— Hèraklès, chez les anciens Grecs, était un des héros les plus populaires de la mythologie.
— Vous parlez d'Hercule ?
— Il s'appelait Hèraklès ! Au terme d'une vie d'épreuves....Il fut récompensé par l'apothéose.
— L'apothé-quoi ?
— Oh ! La barbe !.... Vous n'avez qu'à lire le livre vous-même !

617 La nuit de la Saint-Sylvain **Junior**
par Madeleine Ley
Les canaux sont gelés, les patineurs s'en donnent à cœur joie. Dans la nuit froide, un bateau est figé dans la glace, il n'existe que pour Barbara, juste pour elle, le temps de la nuit de la Saint-Sylvain.

605 Les aventures du chevalier Huon **Senior**

par François Suard

Huon de Bordeaux est condamné par Charlemagne à partir pour Babylone, loin, très loin. Il doit en rapporter la preuve de sa fidélité. Commence alors pour le beau chevalier un voyage aux confins du monde connu. Il y rencontre une fée, des créatures dangereuses, mais aussi l'amour…

588 La légende de Mélusine **Senior**

par Michèle Perret

Punie pour une faute qui ressemble plutôt à une grosse bêtise d'enfant, Mélusine est une jeune fée condamnée à errer, le plus souvent sous forme de serpent, jusqu'au jour où elle rencontrera un homme qui veuille bien l'épouser et ne jamais chercher à la voir le samedi. Le jeune Raymondin, perdu et désespéré, tombe amoureux d'elle et accepte ses conditions. Mais alors que la jalousie la tenaille, saura-t-il tenir sa promesse?

570 Contes de Vivek l'éléphant **Junior**

par Partap Sharma

En Inde, l'éléphant est le symbole de la sagesse, il protège les maisons et les hommes. Vivek l'éléphant et son jeune maître, Shintu, affrontent une terrible sécheresse et doivent quitter le village pour chercher de l'eau. Ces quatre contes indiens nous révèlent un monde bien loin du nôtre et sont un hymne à la générosité, à la sagesse.

566 9 contes de Grimm **Junior**

par Wilhelm Grimm

Jacob Grimm

La Belle au bois dormant, le Petit Chaperon Rouge, Cendrillon… Voici une sélection de neuf contes, parmi les plus connus, recueillis par les frères Grimm.

554 **30 contes du Viêt-nam** — **Junior**

par Nguyên-Xuân-Hùng

Pourquoi le tigre a-t-il des rayures? Comment sont apparus les singes aux fesses rouges? Savez-vous pourquoi le génie des Montagnes et le génie des Eaux sont les pires ennemis? Les contes et légendes de ce recueil nous entraînent dans l'histoire et les traditions orales du Viêt-nam.

550 **La légende oubliée** — **Junior**

par Adeline Yzac

Marie a disparu! Elle ne laisse pour seule trace que l'anse de sa cruche brisée. Le village est bouleversé et son promis, Antonin, jure de la retrouver. Il part, guidé par les mots d'une légende oubliée qui lui revient peu à peu à la mémoire, et dont il pressent que la chute lui donnera la solution de sa quête.

545 **La légende de la ville d'Ys** — **Senior**

par Charles Guyot

À Quimper règne Gradlon; il aime sa fille, Dahut, passionnément. Dahut, belle, fière et indépendante, refuse de se soumettre à la loi de l'Église. Par amour pour elle, Gradlon construit Ys. La ville est un défi pour Corentin, évêque de Quimper, et la lutte s'engage

529 **Les fables de La Fontaine** — **Junior**

par Jean de La Fontaine

Une sélection de fables savoureuses, où les animaux parlent notre langue et portent nos habits. Le plus célèbre fabuliste met en scène bon nombre de défauts des hommes avec une verve et un talent incontestables.

488 14 contes de la forêt Barrade — Junior

par Thalie de Molènes

La forêt Barrade est le refuge des fées et des sorciers... Écoutons les histoires d'autrefois que les anciens racontaient à la veillée. Alors que, dehors, le drac, les lébérous, la demoiselle de Chaban se partageaient le royaume de la nuit...

192 Dix-neuf fables du méchant loup — Junior

par Jean Muzi

Dix-neuf fables et contes empruntés à la littérature populaire d'Europe, d'Asie et du Moyen-Orient dans lesquels le loup est accusé des pires cruautés. Tour à tour couard, naïf, lourdaud, sot et borné, le loup tombe sans cesse dans les pièges les plus grossiers. Accablé de moqueries, ridiculisé et berné, il subit de cruels supplices.

185 17 contes d'Espagne — Junior

par Carmen Bravo-Villasante

Dix-sept contes tirés du trésor des récits traditionnels scrupuleusement recueillis dans les différentes régions d'Espagne. Des récits humoristiques, merveilleux et symboliques qui intriguent et réjouissent tout à la fois, et où la peur se transforme rapidement en rire...

169 10 contes d'Afrique noire — Junior

par Ashley Bryan

Dix contes africains pleins de vie, déroutants et drôles où l'on voit la poule ruser avec la grenouille, le buffle et l'éléphant se prendre de querelle, un bébé grenouille et un petit serpent jouer ensemble avant de se découvrir ennemis jurés...

145 **20 contes du Niger** **Junior**

par Jean Muzi

Le Niger est l'un des plus grands fleuves d'Afrique. Voici vingt contes qui reflètent la culture des cinq pays qu'il traverse ; la Guinée, le Mali, le Niger, le Bénin et le Nigéria. Derrière la simplicité des récits, le comique des situations et l'humour des personnages se cache une profonde sagesse.

135 **17 contes d'Algérie** **Junior**

par Rabah Belamri

Dix-sept contes recueillis dans un village de Kabylie. De vrais contes, souvent drôles, parfois cruels, où la magie est omniprésente et dans lesquels la tendresse, l'humour et la dérision se font les garants de toute une tradition orale. Ces contes parleront à tous d'une culture authentique et colorée.

108 **10 histoires de diable** **Junior**

par Natalie Babbitt

Rude métier que celui du diable ! Une réputation à tenir, et la lourde charge de l'enfer, de ses pensionnaires bien souvent grincheux (c'est logique), et de son personnel qui oublie parfois d'être démoniaque. Alors le diable descend sur terre pour y tenter quelques mauvais coups… Mais il n'est pas si facile de duper les humains !

90 **19 fables du roi lion** **Junior**

par Jean Muzi

Dix-neuf fables originaires de plusieurs continents qui nous présentent un lion peu fidèle à son image habituelle. Le roi des animaux, tour à tour peureux ou lâche, est ridiculisé ou berné par des animaux beaucoup plus faibles que lui. « La raison du plus fort n'est pas toujours la meilleure. »

85 **Bachir et les sept épreuves** — **Junior**

par Pierre Bourgeat

Bachir est un jeune garçon espiègle et futé. Il ne manque pas d'idées pour répondre aux railleries des femmes de la maison. Pour leur échapper, Bachir va garder les chèvres de son père sur les plateaux de Kabylie. « Enfin un peu de calme ! » pense-t-il. Mais voilà que le Djinn, le génie de tous les génies, lui confisque ses sept chèvres et lui impose sept épreuves pour les regagner. Qui sera le plus malin, le Djinn ou Bachir ?

70 **16 contes du monde arabe** — **Junior**

par Jean Muzi

Seize contes recueillis auprès de conteurs du Moyen-Orient, appartenant à la littérature orale arabe. Ils sont en quelque sorte un prolongement des contes des Mille et Une Nuits. Influencés par l'islamisme, ils mettent en scène des animaux et des hommes, dont les comportements reflètent la sagesse des peuples du désert.

59 **19 fables de renard** — **Junior**

par Jean Muzi

Dans ces fables, empruntées à la littérature populaire d'Afrique, d'Asie, ou d'Europe, Renard est toujours perfide, fin, rusé et subtil dans ses rapports avec les autres animaux. Il berne presque toujours ses voisins, mais il lui arrive parfois d'être pris à son propre piège…

46 **Contes du Panchatantra** — **Junior**

par Leonard Clark

Onze contes de la tradition en Inde, mettant en scène des animaux et des hommes. Un univers de merveilleux et de symboles, fertile en rebondissements, en imprévus et en astuces.

39 **37 fables d'Afrique** **Junior**

par Jan Knappert

Savez-vous qu'aux premiers temps du monde tous les animaux étaient des animaux domestiques? Savez-vous comment certains quittèrent l'homme, et devinrent des animaux sauvages? Savez-vous comment fut créé le chameau? Et de quoi discutent l'araignée et le mille-pattes quand ils se font des confidences?

32 **7 contes du Maroc** **Junior**

par Tony Barton

Sur la grande place de Marrakech est assis le conteur. Pour quelques piécettes, il raconte des histoires où se mêlent la magie et le merveilleux, la sagesse et l'humour. Elles sont peuplées de djinns et de goules, et imprégnées de la saveur d'un peuple voué aux échanges.

Castor Poche, des livres pour toutes les envies de lire: pour ceux qui aiment les histoires d'hier et d'aujourd'hui, ici, mais aussi dans d'autres pays, voici une sélection de romans.

759 Monsieur Labulle super magicien **Junior**
par Massimo Indrio
En pleine nuit, Monsieur Labulle est réveillé par un drôle de bruit. Il découvre alors, dans la cuisine, une petite fille: elle s'appelle Stella, arrive de l'espace, et se dit magicienne. Elle demande à monsieur Labulle de l'accompagner dans une mission… explosive !

758 Monsieur Labulle super cosmonaute **Junior**
par Massimo Indrio
Lulu Tirebouchon est le meilleur ami de monsieur Labulle. C'est un inventeur de génie, dont la dernière création est une fusée. Monsieur Labulle accepte de tester l'engin, mais il n'est pas très rassuré : dans quelle drôle d'aventure s'est-il encore embarqué?

757 Monsieur Labulle super détective **Junior**
par Massimo Indrio
Monsieur Labulle adore lire les aventures de son héros préféré, Super Super. Quand il apprend le mystérieux enlèvement de l'oncle Rémi, il décide de prouver à son tour son courage. Attention! Monsieur Labulle mène l'enquête… ça décoiffe !

756 Monsieur Labulle super pilote **Junior**
par Massimo Indrio
Monsieur Labulle, dans la vie il faut travailler ! Oui, mais quel métier exercer? Pâtissier ou peintre en bâtiment? Pilote d'essai semble une meilleure idée… quelle course!

749 Khan, cheval des steppes **Senior**

par Federica de Cesco

Anga, jeune Mongole, sauve d'une meute de loups un magnifique poulain blanc. Anga et Khan deviennent inséparables. Le cheval est malheureusement convoité par le chef de la tribu, puis réclamé par un prince : dans la Mongolie du XIIe siècle, Anga, fille de chasseur, pourra-t-elle garder son nouvel ami près d'elle ?

748 Beau-Sire, cheval royal **Senior**

par Jacqueline Mirande

1214. Jean, jeune noble de quinze ans, est privé de ses richesses par son cousin. Il veut demander justice au souverain, Jean sans Terre, et s'enfuit avec Beau-Sire, son cheval. Mais ce magnifique étalon est très convoité : la route est semée d'obstacles et Jean, tombé aux mains d'un brigand, n'aura la liberté… qu'en échange de sa monture.

747 Un cheval pour totem **Senior**

par Alain Surget

Nuun a dix ans, l'âge auquel on devient adulte dans sa tribu. Il doit pour cela subir un rite d'initiation et choisir un animal-totem : ce sera le cheval. Quelques jours plus tard, il trouve un poulain, et l'adopte. Nuun le baptise Charbon, et ils deviennent inséparables. Mais le sorcier de la tribu est jaloux, et se fait menaçant…

746 Le cavalier du Nil **Senior**

par Alain Surget

Bitiou, fils de paysans dans l'Égypte des pharaons, est fasciné par les chevaux. Un jour, il se joint aux troupes de Ramsès II, qui regagnent Memphis. Arrivé au palais, Bitiou se faufile jusqu'aux écuries royales. C'est alors qu'il fait la connaissance du plus beau cheval de Pharaon : ensemble, ils vont vivre des aventures extraordinaires.

745 Punch et Judy **Senior**

par Avi

Les États-Unis, à la fin du XIXe siècle. Punch a huit ans à peine lorsqu'il est recueilli par la troupe ambulante des Joe MacSneed. Il apprend dès lors à vivre comme un vrai saltimbanque, aux côtés de Judy, la fille de Joe, dont il est amoureux. Mais bientôt, les difficultés s'accumulent…

744 Les naufragés du ciel **Senior**

par Daniel Vaxelaire

Octobre 1929, aéroport du Bourget : l'avion Farman 192 AJJB s'envole. À son bord, trois héros avec ce rêve fou, ce pari insensé : rallier la Réunion par les airs. Arriveront-ils à bon port ? Farman résistera-t-il aux tempêtes du continent africain ? La mer épargnera-t-elle les aventuriers ?

743 Viola Violon **Senior**

par Rachel Hausfater-Douieb

Viola a onze ans et déteste son prénom. Jusqu'au jour où Benny la surnomme « Viola Violon » : alors, pour que son prénom soit aussi beau que la musique d'un violon, Viola décide d'apprendre à jouer de cet instrument. Au fil des années, Viola va trouver son identité et s'accepter telle qu'elle est, grâce à la musique.

742 Un héros pas comme les autres **Junior**

par Anne-Marie Desplat-Duc

Mathias, un jeune paysan, vit au XVe siècle. Amoureux de la châtelaine Aelis, il n'ose pas lui avouer ses sentiments. Il finit par demander de l'aide à un personnage tout à fait inattendu… l'auteur !

737 **L'été catastrophe !** **Senior**

par Margot Bosonnet

Depuis que Marcus a rejoint la bande du Ventre Rouge, les grandes vacances ne sont plus qu'une gigantesque bataille ! Grimper aux arbres à mains nues, voler des groseilles, passer la nuit dans une ruine abandonnée (et hantée !)… ces cinq lascars ont plus d'une idée en tête pour faire enrager voisins, parents… et même policiers !

736 **Tante Morbélia et les crânes hurleurs** **Senior**

par Joan Carris

Horreur ! Tante Morbélia vient s'installer chez Todd, et avec elle toutes ses légendes de crânes hurleurs et d'affreux fantômes ! En plus, c'est une ancienne maîtresse, qui veut lui faire réciter ses leçons chaque jour. Dire que pour Todd, retenir les douze mois de l'année est déjà tellement compliqué… Et puis surtout, surtout, il déteste les histoires qui font peur !

735 **Ah ! Si j'étais grand…** **Junior**

par Siobhan Parkinson

Ça n'est vraiment pas drôle d'avoir mille cent ans, d'être lutin et petit pour la vie ! Lorenz en a assez, assez, assez ! Mais voilà qu'il fait la connaissance d'Iris, qui elle, voudrait bien être moins ronde et rétrécir un peu. Que vont inventer les nouveaux amis pour changer de vie ?

734 **Un prince en baskets** **Senior**

par Liliane Korb et Laurence Lefèvre

Quelle surprise ! Solveig et Nils, descendus fouiller la cave pour s'occuper, y découvrent une jolie jeune fille assoupie… depuis deux cents ans ! N'y aurait-il pas un petit peu de sorcellerie là-dedans ? Et que faire d'une aristocrate qui a échappé à la Révolution, quand on a quatorze ans et qu'on porte des baskets ?

732 L.O.L.A **Senior**

par Claire Mazard

Qui adresse du courrier à Lola sans le signer? Pour la jeune fille, ces lettres anonymes sont d'abord agaçantes, puis touchantes, et surtout intriguantes. Accompagnée de son petit frère Jérôme, Lola va mener une enquête... alors que la réponse est tout près d'eux, sous leurs yeux.

731 Ninon-Silence **Senior**

par Marie-Claude Bérot

Une nuit, Ninon est réveillée par des sanglots dans la chambre de ses parents. Elle entend cette phrase terrible : « Ninon n'est pas ta fille ! ». L'enfant a l'impression que le monde s'écroule autour d'elle. Le lendemain, Ninon a perdu la parole.

730 Le Maître des Deux Terres **Senior**

par Alain Surget

Antaref, roi de Haute-Égypte, a été assassiné. Son fils doit lui succéder. Mais le temps presse, car déjà la Basse-Égypte a déclaré la guerre. Ménès saura-t-il défendre son pays, venger son père et libérer son amie Thouyi, avant de devenir le premier pharaon?

721 Prends garde aux dragons ! **Junior**

par Norbert Landa

Le roi et la reine partis en Italie, le petit prince Léo est seul au château. Il tombe sur un œuf de dragon. Que faire ? Le conserver ou le cuisiner ? Mais est-ce que c'est bon, une omelette de dragon ?

720 À vos marques ! **Senior**

par Michel Amelin

C'est reparti ! Dès le début de l'automne, la mère de Gontran est obsédée par le port de l'écharpe obligatoire ! Quelle horreur, surtout quand la dite écharpe a déjà été usée par des générations, depuis le frère aîné de l'arrière-grand-père de Gontran... Il aimerait tellement frimer avec des vêtements de marque, comme tant de ses copains !

718 La vengeance du vampire **Junior**

par Willis Hall

Dur, dur d'être vampire de nos jours, surtout vampire végétarien ! Rejeté pour les crimes de ses aïeux Dracula, le gentil Alucard voudrait tant qu'on l'aime ! Va-t-il trouver en Amérique le coin tranquille de ses rêves, où vivre en paix entouré d'amis ? Ce serait compter sans un ambitieux producteur de films d'horreur, un shérif du Kansas et un étrange homard géant...

717 Nabab le héros **Junior**

par Adèle Geras

Nabab est un chat que rien n'arrête. Or voici que la jungle d'à-côté redevient jardin civilisé. Et la nouvelle voisine ne veut pas de chat sur ses terres ! Nabab reculera-t-il devant un balai ?

716 Popeline a disparu **Junior**

par Adèle Geras

Popeline a été abandonnée toute jeune et a tant besoin d'être aimée ! Le jour où « sa » famille s'agrandit d'un nouveau-né, elle fait de son mieux pour l'accueillir à sa façon. Mais ses initiatives sont comprises tout de travers ! Popeline décide de fuguer...

715 Signé : Fouji **Junior**

par Adèle Geras

Fouji est le doyen des chats du square Édouard. Il ferait n'importe quoi pour « sa petite humaine » – sauf poser pour un portrait, sans bouger pendant un temps fou ! Pour échapper à la corvée, Fouji est prêt à tout… les résultats seront surprenants !

714 La revanche de Mimosa **Junior**

par Adèle Geras

Toute ronde et d'un âge respectable, Mimosa est une chatte heureuse… jusqu'au jour où « sa » famille reçoit pour les vacances une petite humaine, une véritable peste de six ans. La vie de Mimosa devient un enfer ! Il faut chasser la visiteuse !

713 Jaguars **Senior**

par Roland Smith

À peine de retour du Kenya, le père de Jake se lance dans un nouveau projet. Cette fois, il s'agit de créer une réserve de jaguars en Amazonie. Jake rejoint l'expédition pour les vacances. Mais la semaine a tôt fait de se transformer en une véritable épopée, et Jake en pilote virtuose d'U.L.M !

712 L'élan bleu **Junior**

par Daniel Pinkwater

Monsieur Breton se sent bien seul, dans son restaurant du bout du monde… Mais lorsqu'il rencontre l'élan bleu, tout va mieux ! Les clients se bousculent, sa soupe aux chipirons fait un carton, et, surtout, il a de vrais amis. Jusqu'au jour où l'élan bleu décide d'écrire un livre.

711 La Bande Sans Nom **Senior**

par Guido Petter

Été 1944. Dans un petit village italien, des gamins rêvent d'aventures et de combats, et créent la Bande Sans Nom. Ils engagent bientôt les hostilités avec les Têtes de fer, tandis qu'au loin résonnent les coups de feu d'une autre guerre, bien réelle. Dans les montagnes, les partisans défendent la zone libre contre les milices fascistes. Pour la Bande Sans Nom, c'est le moment où jamais de faire preuve de courage...

710 L'assassin du Nil **Senior**

par Alain Surget

Depuis qu'il a accompli trois exploits mémorables avec sa jeune amie Thouyi, Menî a été reconnu digne de succéder à son père sur le trône d'Égypte. Mais le jour de la cérémonie, un ambassadeur est assassiné dans le palais. Pour éviter la guerre avec le royaume de Basse-Égypte, Menî doit se rendre jusqu'à Bouto, par le Nil...

709 Cette nuit, on embarque **Senior**

par Frances Temple

À Belle Fleuve, en Haïti, les tontons macoutes règnent dans la terreur. Paulie fait partie des quelques habitants qui résistent, tenaillés par la peur et la faim. Face à l'injustice et à la violence, il ne reste plus que la fuite.

707 C'est ici, mon pays! **Senior**

par Cécile Gagnon

Au Québec, au milieu du XIXe siècle, de nombreux pionniers s'en vont tenter l'aventure dans des régions inconnues. Georgina n'est qu'une enfant quand elle part avec sa famille pour le lac Saint-Jean. Une vie nouvelle l'y attend, dans une nature souvent hostile, auprès du peuple indien, sauvage et fascinant....

706 Joyeux anniversaire **Junior**

par Jacques Poustis

Pour l'anniversaire de Oualid, Pattenbois a préparé une tirelire. Mais sur l'Île merveilleuse, l'argent n'existe pas. Jusqu'au jour où les élèves de Pattenbois découvrent un incroyable trésor, et inventent une nouvelle monnaie… le macao !

705 Le fils du garçon boucher **Senior**

par Jacques Delval

Juste avant la mort de son père – le boucher du bourg – Gérard apprend qu'il est un enfant bâtard. Le jour de l'enterrement, il s'enfuit. Malgré son jeune âge, et la guerre, Gérard rejoint l'Afrique de ses livres, le pays de ses rêves.

704 Une grenade dans le crâne **Senior**

par Stéphane Marchand

Être traité comme un militaire, à quatorze ans, c'est le sort du "soldat Lucas". Ancien combattant du Viêt-nam, son père a conservé de la guerre un terrible autoritarisme, qu'on dit dû à des éclats de grenade, fichés dans son crâne. Orphelin de mère, Lucas saura-t-il un jour ce qu'est un père aimant ?

700 Burton et Stanley **Junior**

par Frank O'Rourke

Deux marabouts d'Afrique perchés sur le toît d'une gare d'Amérique, ça n'existe pas ! Deux marabouts parlant le morse avec le chef de la station, ça n'existe pas ! Mais quand les deux marabouts s'appellent Burton et Stanley et que tout se passe à Cherrygrove, U.S.A., pourquoi pas ?!!

699 **En haut, la liberté** — **Senior**

par Daniel Vaxelaire

Petit-Jacques vit au Domaine, soumis aux rudes lois de Sansquartier, le contremaître. Comprenant que son frère et sa fiancée vont s'enfuir, il décide de les suivre. Tous trois deviennent des Noirs « marrons », comme on appelle à La Réunion les esclaves fugitifs. Mais une fois dans la forêt, comment survivre et gagner la liberté ?

693 **Chipies !** — **Senior**

par Cynthia Voigt

L'une joue au foot, l'autre pas. L'une est brouillon, l'autre méticuleuse. L'une est agressive, l'autre douce... à première vue, du moins ! Un jour de rentrée, l'ordre alphabétique les rapproche. Font-elles la paire ? Et, si oui, quelle paire ? Une chose est sûre : avec ces deux-là, la salle de classe tourne au champ de mines !

692 **Une jument dans la tempête** — **Junior**

par Irene Morck

Ambrose est certain d'avoir fait une erreur. Pourquoi a-t-il acheté Mondaine, une vieille jument de vingt-cinq ans ? Pour ses randonnées en montagne, il a besoin d'une bête forte et résistante ! Heureusement, Mondaine est courageuse, et saura prouver à son maître qu'il est bon de faire confiance à son cœur…

691 **La promesse** — **Senior**

par Yaël Hassan

« Je m'appelle Sarah Weiss. L'histoire que je vais vous conter, je la porte en moi depuis fort longtemps. » Une petite fille juive raconte les tourments de la guerre et de l'occupation. Pour Sarah, l'espoir réside dans cette promesse insensée donnée jadis à son grand-père : celle de trouver un jour une terre d'accueil, un pays, un chez-soi…

690 Lettres secrètes **Senior**

par Marie-Hélène Delval

« Cher Nicolas… » Ces deux mots font vivre Mathilde, la font sourire et pleurer, rêver et desespérer. Tous les jours, elle écrit à l'élu de son cœur, mais ne lui envoie pas ses lettres. Cette correspondance secrète, douloureuse parfois, est surtout un premier pas dans l'amour…

689 Babe Le cochon dans la ville **Junior**

par Justine Korman et Ron Fontes

Sauver la ferme ! Telle est la mission de Babe après le grave accident de son fermier, M. Hoggett. Pour payer les banquiers, une seule solution : Babe doit gagner le concours de la foire agricole. Mais qu'il est difficile de se repérer dans une grande ville ! Heureusement, Babe n'est pas un cochon ordinaire…

686 Piège dans les rocheuses **Senior**

par Xavier-Laurent Petit

Gustin n'a pas vu son père depuis qu'il a… quatre mois ! Cet été, il va le retrouver, au cœur du Wyoming, dans le campement indien où Renard Rouge vit désormais. Mais la sérénité de cette existence sauvage cache une inquiétude, une menace… La présence de Gustin suffira-t-elle à déjouer les plans de Willcox ?

685 Café au lait et pain aux raisins **Junior**

par Carolin Philipps

Ce soir-là, seul dans l'appartement, Sammy se prépare pour aller au feu d'artifice. Soudain, une bombe incendiaire est jetée par la fenêtre. Que signifie cette violence ? Et pourquoi Boris, son voisin et camarade de classe, assiste-t-il à la scène sans rien faire ? Avec douleur, Sammy découvre qu'il est victime du racisme…

683 Marine **Junior**

par Chantal Crétois

Marine est une «enfant de la DDASS». Elle apprend un jour que ses parents de naissance n'ont plus de droits sur elle, qu'elle peut être adoptée. Mais qu'il est difficile de se laisser aimer lorsqu'on a douze ans et que tout est cassé dans sa tête et dans son cœur!

682 Les lumières de Diwali **Junior**

par Rumer Godden

Demain, c'est Diwali, la nuit magique où l'Inde entière s'illumine, le soir où partout dansent les petites flammes de la fête. Mais cette année, la maison de Prem restera plongée dans l'obscurité: Mamoni a vendu les lampes! À moins que... car Prem n'est pas d'un naturel résigné!

681 L'œil d'Horus **Senior**

par Alain Surget

Le destin de Menî est tout tracé: il doit succéder à son père, le pharaon Antaref. Mais pour l'heure, il sait à peine tirer à l'arc et ne s'intéresse qu'à ses animaux familiers. Antaref lui ordonne alors d'accomplir trois exploits pour prouver qu'il peut être roi.

678 La papaothèque **Junior**

par Dennis Whelehan

Décidément, le papa de Joseph laisse beaucoup à désirer: toujours pressé, la tête ailleurs, il oublie de faire les courses et n'est d'aucun secours pour les devoirs. Ah, si seulement on pouvait changer de papa comme on change de livre à la bibliothèque! ... Et s'il existait bien quelque part, une papaothèque?

677 La caverne des éléphants **Senior**

par Roland Smith

Jacob, un jeune Américain de quatorze ans, vient de perdre sa mère. Sans nouvelles de son père depuis longtemps, il décide pourtant de la rejoindre, au cœur de la brousse, au Kenya. Dans cet univers farouche, il découvre l'âme de l'Afrique… et son propre destin.

676 Les cornes du diable **Junior**

par Gary Paulsen

Cette année, la cousine de Bobbie vient l'aider à rassembler les vaches égarées. La chasse s'annonce mouvementée, d'autant que le taureau Diablo fait des siennes et que les frères Bledsoe veillent…

674 Danger sur la rivière **Junior**

par Gary Paulsen

À contrecœur, Daniel se rend en minibus au camp de vacances du nid d'Aigle. En plus, il retrouve ses camarades de classe qui lui mènent la vie dure. Mais tout change lorsque le minibus plonge dans la rivière...

673 Le tueur de Gorgone **Junior**

par Gary Paulsen

Warren Trumbull est un drôle de garçon. Avec son groin et ses oreilles pointues, il ressemble à un cochon. Un jour, l'agence de secours Prince charmant lui confie une terrible mission : exterminer une cruelle créature douée du pouvoir de transformer les humains en pierre...

672 **La légende de la caverne** **Junior**

par Gary Paulsen

À la recherche d'une statue indienne, Will et Sarah explorent la grotte de la Montagne Hantée. Mais deux dangereux malfaiteurs veillent, bien décidés à se débarrasser de témoins aussi gênants...

671 **La vallée du tonnerre** **Junior**

par Gary Paulsen

Pendant les vacances, Jeremy et Jason aident leurs grands-parents à tenir le chalet familial. Bientôt, une succession d'événements étranges vient perturber la tranquilité des lieux.Les deux frères vont devoir se débrouiller seuls pour déjouer uncomplot diabolique...

667 **L'ogre du sommeil** **Junior**

par Hubert Ben Kemoun

Depuis qu'une dentiste lui a arraché presque toutes ses dents, Balzébill ne fait plus peur aux enfants. C'est du moins ce que tout le monde croit, jusqu'au jour où il se découvre un appétit et un don fort inattendus... Citoyens de Babès, prenez garde à l'ogre Balzébill, l'avaleur de songes, le glouton des rêves.

658 **Dans les trous, on trouve tout** **Junior**

par Paul Thiès

Désiré est orphelin et personne ne veut de lui. Un jour pourtant, un personnage étrange lui confie une mission : prendre le sac magique et vendre des trous ! Désiré n'est pas au bout de ses surprises...

657 Chasseur de stars **Senior**

par Klaus Hagerup

A treize ans, Werner, petit, timide, surnommé «Ver de terre», a peur des autres, du noir, de l'altitude et surtout des filles. Jusqu'au jour où Stella, star adulée d'un feuilleton américain, désire le rencontrer...

656 La société secrète **Senior**

par Henning Mankell

Joël a onze ans. Très solitaire, il vit avec son père. Il veut découvrir son passé et celui de sa mère, absente. Pour y parvenir , il crée une société secrète qui lui permet de sortir la nuit et d'explorer les territoires inconnus du souvenir.

654 Le merveilleux voyage deNils Holgersson à travers la Suède **Junior**

par Selma Lagerlöf

Pour s'être moqué d'un lutin, Nils va être ensorcelé et devenir à son tour tout petit. Il accomplira un voyage extraordinaire à travers son pays, jusqu'en Laponie, sur Akka, un jars qui l'emporte dans les airs.

651 Le silence des ruches **Senior**

par Michel Le Bourhis

Lorsque Julien apprend la mort de son grand-père, il est triste. Bien sûr. Pourtant, dans ce deuil à cœur ouvert, l'espoir est là. L'espoir, ce sont les souvenirs et les secrets partagés...

650 Les rois de la combine **Senior**
par Sheila Och
Karel et Jarda ont un problème : ils sont pauvres. Comment le résoudre ? Très simple, pensent-ils, il faut gagner de l'argent : vente de tickets de tram, de vers de terre... Rien ne les arrête !

648 Victoire sur la peur **Senior**
parPhyllis Reynolds Naylor
La dernière fois que Doug a grimpé sur une corniche, il a eu la peur de sa vie. Depuis, il s'est juré de ne jamais recommencer. Pourtant, lorsque son frère disparaît dans la montagne, son courage n'a plus de limite.

644 68, boulevard Saint-Michel **Senior**
par D. Martignol-A. Grousset
La révolte gronde dans les rues de Paris en ce mois de mai 1968. Martial habite au 68, boulevard Saint-Michel. Un soir, avec Chantal, une élève infirmière, il soigne un étudiant matraqué, qui disparaît juste après. Ils se lancent à sa recherche au milieu des barricades.

641 Aliénor d'Aquitaine **Senior**
par Brigitte Coppin
Aliénor d'Aquitaine a dominé l'histoire du XIIe siècle. Reine de France, puis d'Angleterre, elle a connu le pouvoir, la gloire et la prison, sans jamais renoncer à ses rêves et ses ambitions.

637 Moi Angelica, esclave **Senior**
par Scott O'Dell
Angelica est capturée en Afrique et vendue comme esclave dans une plantation aux Antilles. Que de souffrances et d'humiliations pour une jeune fille, que de rage aussi, et bientôt la rumeur court à travers toute l'île... Les esclaves se révoltent...

Cet
ouvrage,
le six cent
soixante-quatrième
de la collection
CASTOR POCHE,
a été achevé d'imprimer
sur les presses de l'imprimerie
Maury Eurolivres
Manchecourt - France
en juin 2002

Dépôt légal : octobre 1998.
N° d'édition : 4322. Imprimé en France.
ISBN : 2-08-164322-7
ISSN : 0763-4544
Loi n° 49-956 du 16 juillet 1949
sur les publications destinées à la jeunesse